野いちご文庫

危ない隣人は消防士
～一晩中、私を捕らえて離さない～

砂倉春待

JN179887

STARTS
スターツ出版株式会社

目次

とある夜、私を助けてくれたのは傷だらけのお隣さんだった。

「心配すんな、コドモには興味ねーから」

気怠《けだる》げな目で見下ろしながら私をコドモ扱いして、

「甘える必要はねーけど、俺にはせめて素でいろよ」

逞《たくま》しく鍛えられた腕で、私の強がりを包み込んだ。

彼が放つ危険な香りに、囚《とら》われて逃げ出せない。

ねぇ。

あなたの秘密は、なんですか？

懐カシイ香り

夏の生ぬるい風に乗ってふわりと届いた匂いが、遠い記憶をくすぐった。

少しの哀しみをはらんで懐かしさを感じさせた香りに、思わず振り向いてみたけれど、――。

「じゃあ、荷物はこれで全部ですね！　ありがとうございました！」

そこには、引っ越し業者の制服を着た若い男の人がいるだけだった。今日初めて会った、懐かしさなんかとは無縁の人たちだ。

気のせい、か……。

帰っていく制服姿の二人の背中を見送る頃にはさっきの匂いはもうしなくて、代わりに、うだるような暑さだけがそこにあった。

駅から徒歩十分のところにある、六階建てのマンション。そのうちの四階、廊下を真っ直ぐ歩くと突き当たる四〇四号室の１ＬＤＫ。

今日からここが、私――御山茜《みやまあかね》のお城！

わくわくする気持ちを抑えつつ、黒い扉についたドアノブを引いた。

中に続く廊下には、大量の段ボールが積み上がっている。段ボールに描かれたキャラクターとばっちり目が合って、思わず「うへぇ」なんて力のない声が出た。

「あっ、お母さんに連絡しなきゃ」

終わったら連絡しなさいと口酸っぱく言われてたことを思い出し、スマホを取り出してお母さんに電話をかける。数回のコール音の後、電話口から聞き慣れた声が聞こえてきた。

『もしもし、茜？』

「あ、お母さん？　終わったよ、引っ越し。今、業者の人が帰ったとこ」

『そう。無事に済んだなら何よりだわ』

無事……うん、無事と言えば無事。山のような段ボールを片すのは、骨が折れそうだけど。

「そっちはどう？　街並みとか全然違う？」

『そうね、映画の世界にいきなり来たみたいだわ』

「あはは、だよねぇ！」

いいなぁ、なんて言葉が口を衝《つ》いて出そうになって、私は慌てて飲み込んだ。

『まだ来たばっかりだしわからないことだらけよ。徐々に慣れていくわ』

「うん！　頑張ってね、お母さん」

『ええ、茜もね。何かあったらすぐに連絡するのよ』

「うん、ありがとう」

話もそこそこに電話を切る。

大手家電メーカーに勤めるお父さんの海外赴任《ふにん》が決まったのは、つい先月のこと。

家族がいるから……なんて言っていられる立場にはもうないらしく、新規事業立ち上げメンバーとして呼ばれたんだって。多分これって、すごいこと。

お母さんは悩みに悩んで、お父さんについていくことを決めた。

私も一緒に行かないかって言われたけれど、学校もあるし、英語話せないし。何より、お兄ちゃんを一人残して日本を離れるのは嫌だったから、残った。

今まで住んでいた隣町の家は叔父さんに管理を任せ、私は学校の近くのマンションで一人暮らしをすることになった。

一人で暮らすなら、せめてセキュリティがちゃんとしてるところじゃないと！　とお父さんが言うので、高校二年生の私にはかなり身の丈《たけ》に合わないマンション。なんでもお父さんの古い知人が大家さんらしく、家賃なんかをちょっとだけ安くしてもらえたらしい。

「そうだ、ご挨拶行かなきゃ……」

荷解きに着手してバタバタする前にと、一階に降りて管理人室を覗《のぞ》く。

「あの、すみません。今日引っ越してきた、御山なんですけど……」

「おぉ、君が御山くんの娘さんかぁ」

中から顔を出したのは、ところどころに白髪を生やし、柔らかい空気を纏《まと》った男の人。知り合いだって言うからお父さんと同い年くらいかと思ってたけど、むしろおじいちゃんくらいの年代だ。

「御山茜です。今回は、色々とありがとうございました」

「いえいえ。昔の教え子の頼みだ、気にすることないよ」

「……教え子？」

きょとんとした私に、大家さんが目尻に皺《しわ》を刻んで言葉を付け加えた。

「僕がまだ高校教師だった頃に君のお父さんを受け持っていて、その時からの付き合いなんだよ。僕はもう定年退職したけどね」

そうだったんだ。人との縁を大切にしなさいって、お父さん常日頃から言ってたなぁ、と思わず口元が緩む。

「荷物は全部運べたかい？」

「はい。今から片付けるところです」

「そうか。何か困ったことがあったら言ってね」

柔らかな笑みを浮かべて、大家さんは優しく言ってくれた。いい人だなぁ。

もう一度お礼を伝えて、部屋がある四階に戻る。

廊下をてくてく歩いて……ふと、手前の部屋の前で足を止めた。そういえば……お隣さんにも、引っ越しの挨拶ってした方がいいのかな。

インターホンを鳴らすか少し迷って、結局押すことはなかった。

廊下やエレベーターで顔を合わせることがあれば、その時に挨拶しよう。そう結論付けて、自分の家に戻った。

翌朝。ベランダから差し込む日差しに目を眇《すが》めつつスマホで時間を確認すると、時刻は九時を過ぎた頃だった。

コンビニで調達したおにぎりを片手に、最低限の荷物を段ボールから出し終えたのが昨日の夜遅く。十畳のリビングと六畳の寝室は女子高生が一人で住むには広すぎる間取りで、最後は気絶するように眠りについたのだった。

「お腹空いた……」

ベッドから起き上がり、凝り固まった体を伸ばしながら独り言《ご》ちる。

朝がやってきたことを理解した途端、胃袋が空腹を訴えた。冷蔵庫は昨日のうちに搬入が終わっているけれど、中はまだ空っぽ。

近くのスーパーはまだ開いてないから、食材は改めて買いに行くとして。先に、朝ご飯だけ買いに行っちゃおっかなぁ……。

気怠《けだる》く重たい体に鞭《むち》を打ち、のそのそとベッドから這《は》い出る。部屋着のまま、お母さん譲りの色素の薄い天然パーマをお団子にまとめて家を出た。

まだ陽の高さもそれほどない時間帯だというのに、外の世界は既に蒸し風呂のような熱気に包まれていた。

朝ご飯のついでにアイスも一緒に買っちゃおっかなーなんて思いながら、家の鍵を閉めてエレベーターを目指しかけたところで、廊下の向こうに人影があることに気が付く。

大きな欠伸《あくび》をしながらこちらに向かって歩いてくる、黒髪短髪の背の高い男の人。歳は、二十代前半くらいに見える。

Tシャツにスニーカーというラフな格好に大きなリュックサックを背負っているその人は、とても眠そうな様子で欠伸を繰り返していた。

もしかして、今帰ってきたのかな……。

扉の前でぼうっと突っ立っていると、欠伸から視線を戻した切れ長の目が、気怠げに私を捉《とら》えた。

「あ……」

はっとして、慌てて軽く会釈《えしゃく》する。ポケットからキーケースを取り出しかけているところや既に四〇二号室を通り過ぎているところを見ると、お隣さんかなぁ。

「おはよう、ございます」

いずれ会うことはあるだろうと思っていたけれど、まさかこんなに早く顔を合わせるなんて。

油断していたところにやってきた邂逅《かいこう》に、思わず声が上擦《うわず》りそうになった。けれど、彼は気にする様子もなく私に向かって小さく頭を下げる。

「どうも」

少しの間を置いて返ってきたのは、クラスの男子達よりも低い声。その静かなトーンに、何だかオトナの男の人って感じがするなぁ、なんて思った。

「えっと。昨日隣に引っ越してきました、御山です」

「……ミヤマ？」

彼は少し目を見開いて、私の名前を形のいい唇で辿《たど》った。高いところから名前を呼ばれて、一五二センチの私は見上げる形になる。

「はい。お隣さん、ですよね？」

「あぁ、うん。ここの住人」

気怠げな口調のままそう言って、彼が指さしたのはやはり四〇三号室の黒い扉だった。

すっと通った鼻筋に切れ長の二重。その左目の下に、小さなホクロを見つける。

「お隣さん……えっと、」

「真木《まき》」

「真木さん。お帰りのところ、引き止めちゃってすみませんでした。これから、よろしくお願いします」

「こちらこそね。ご丁寧にどーも」

最後に軽く会釈をし、鍵を取り出して家の中に入ろうとするお隣さんの後ろを通り過ぎようとした瞬間。

「あれ……」

強い風が吹いて、昨日、遠い記憶を引っ掻《か》いた、どこか懐かしい香りが鼻をかすめた。鼻を抜けるような、ミントみたいな香り。

近くにいるのはお隣さんだけ。

だけど……この人は、懐かしさとは無縁だよねぇ……。

＊

引っ越しの準備や片付けに追われているうちに高校二年生の夏休みは終わり、新学期が始まった。

新しい家は、前に住んでいた家よりも学校に近くて、十五分も歩けば着く。

しかしその日は友達と遅くまでおしゃべりしていたために、帰路につく頃には日が沈みかけていた。

薄暗くなった道を、いつの間にか灯《とも》された街灯がぼんやりと照らしている。

マンションが見えてきたところで、前方に背の高い人影を見つけた。

「あ……」

ちょうど街灯の下を歩いていたその人の顔がはっきりと照らし出され、お隣さんだという確証を得る。あまりに凝視《ぎょうし》しすぎたからか、視線に気付いたお隣さんがこちらを向いた。うわっ。

「こ、こんばんは」

「……あぁ、隣の」

挨拶に少しの間があったのは……もしかして、もしかしなくても、私のこと忘れてたな、この人。

まぁ、それも仕方ないか。初対面の時に会った以来だもんね。

歩みを進めるごとに距離が近付いて、明かりにはっきりと照らされて気付いてしまった。

この人、傷だらけだ……！

Tシャツにスニーカー。平日のこの時間、仕事帰りにしてはあまりにラフな格好。そこから伸びるがっちりと筋肉のついた腕には、無数の傷がある。よく見たらほっぺに絆創膏《ばんそうこう》貼ってるし……大の大人が、なんで⁉

「そ、それじゃ！　失礼します！」

「ん？　あぁ」

お隣さんの顔を見ることなくぺこりと頭を下げて、なるべく早く立ち去ろうと大股で歩き出す。

やだ、嘘でしょ。普通に生活してたら、あんな生傷できない。

懐かしい匂いなんか真逆！　危険な香りしかしないじゃん！

これはもう、もしかしなくても……お隣さんは危ない人だ……！

長イ夜

「……とりあえず、ウチ来れば？」

目の前でため息と一緒にそんなトンデモ言葉を吐き出したのは、つい数時間前に危険人物と認識したお隣さん。

それがどうしてこんなセリフに繋《つな》がったかというと、話は二時間ほど前に遡《さかのぼ》ります……。

お隣さんのことはひとまず頭の隅《すみ》に追いやって、家に帰るなりお風呂を入れようとカランの蛇口《じゃぐち》をひねった。

引っ越してきてからはずっとシャワーばかりで、湯船にお湯を張るのは初めて。

今までの家は全自動だったからこのタイプのお風呂は初めてだったけど、お湯を出しっぱなしにして頃合いを見て止めればいいと思ってた。ここまでは完璧……のはずだった。

お風呂を入れている間、洗濯機の中に入れたままだった洗濯物を干すべくベランダに出ていた私。まだ不慣れながらもなんとか干し終えて、そろそろお風呂も溜まったかなーなんて思って、リビングに戻った時。

「◎△$♪×¥●&%#？！」

あの瞬間、なんて叫んでいたのか、自分でももうわからない。とにかく衝撃で、嫌で、怖くて、サンダルを引っ掛けて外に逃げたことだけはなんとなく覚えてて。

「え……何」

ドアの隙間から顔を覗かせ、不審そうに眉《まゆ》を寄せるお隣さんの顔を見た時、そこでようやく自分が四〇三号室の扉を必死に叩いていたことに気が付いた。血の気がサッと引いて、慌てて扉から飛び退く。

や、やばい！　危険人物だって、さっき認識したばっかじゃん！　何やってんの私⁉

背中に冷や汗が伝ったのは、ヤツと遭遇《そうぐう》してしまったからか、頼る相手を完全に間違えてしまったからか……。

「……こんな時間に、何？」

感情の読み取れない平坦《へいたん》な声で、ちょっと……いや、かなり面倒くさそうに私を見下ろす彼。

怖くて顔が見れない。でも、自分の家に出たヤツの方が今はもっと怖い！

「へ、部屋にっ……ヤツが出て！　助けてくださいっ」

「ヤツ？」

お隣さんの目の色が変わった。切れ長の目に鋭《するど》さが増して、真剣な表情になる。

ええ、何その顔！　悪い血が騒ぐとか、そういうやつ⁉

「と、とにかく！　ウチに来てくださいお願いします！」

渋々出てきてくれたお隣さんの後ろに隠れて、四〇四号室に戻る。お隣さんは履《は》いてきたスリッパを脱ぎ捨て、迷うことなく廊下を突き進んでいった。

リビングの扉を開けると、発見した時とは違うところだったけど、ヤツは部屋に留まっていた。

「ヤツって、コレ？」

「そう！　それです！」

「……ウソだろ、ゴキブリごときであんな騒げんのかよ」

「ゴ、ゴキブリごときって！　こっちにとっては死活問題なんだから！」

あぁ、名前を口にするだけでもおぞましい。ゾッとする！

「不可抗力だから恨むなよ」

ため息まじりにそう言って、お隣さんが手にしたのは机の上に置きっぱなしだった雑誌。それをくるっと丸めて、あとは、新聞と同じ要領で。無駄のない手さばきを前に、ヤツは一撃で天に召《め》された。

「あ、ありがとうございます……！」

部屋を見回してテーブルの上にティッシュを見つけたお隣さんは、箱からティッシュを数枚抜き取ってヤツの亡骸《なきがら》を回収してくれる。

嘘。まさかそこまでしてくれるなんて。もしかして、意外といい人……？

「あとは床か。そんだけ嫌いなら、気持ち悪ぃだろ。俺もう帰るけど、雑巾《ぞうきん》で拭くなりしろよ」

怖いと思ってたけど、すごくいい人じゃん。ぶっきらぼうな物言いだけど、ほんとは優しい人なのかな……。

「本当にありがとうございます。今度、何かお礼させてください」

「別にいいよそんなん。ゴキブリ殺しただけだし」

「でも……」

「マジでいーから……って、おい。なんか、変な音しねぇか？」

お隣さんの眉間《みけん》に、再び深い皺が刻まれる。

変な音って？と私が首を傾《かし》げていると。

「……水の音。風呂場か」

家主である私に視線を送ることもなく、お隣さんは体を翻《ひるがえ》してリビングを飛び出した。

風呂場？　風呂場って——あっ！

ようやく思い至って、私も慌てて駆け出す。リビングを出た——ところで、大きな何かにぶつかった。

いてて、とぶつけた鼻先を押さえて見ると、お隣さんの広い背中が眼の前にあった。

「こんなとこで何して……」

るんですか。続きの言葉は、力なくどこかに消えた。

お隣さんの大きな体の陰から廊下を覗き込んで、そこに広がる光景に絶句してしまったから。

「なっ……にしてんだよお前！」

忌々《いまいま》しそうに吐き捨てて、お隣さんはお風呂場へと入っていく。バシャバシャって、廊下では絶対に聞かないような音をたてながら。

「……コレ」

お風呂場からゴゴゴゴゴ、って地響きみたいな音がして、すぐにお隣さんは廊下に出てきた。その手には……湯気ののぼる、タオル？

「なんでオートストップ使わねーんだよバカ」

「え……」

「これが排水溝を塞《ふさ》いでた」

これ、とげられたのはやはりタオル。塞いでた、とそこまで言われて、やっと状況を理解する。

ゴ……Gの突然の登場でテンパって、お風呂の蛇口を開いていたのを完全に忘れてしまっていた私は、浴槽のお湯を溢《あふ》れさせてしまったのだ。

そこまでならまだなんとかなったんだけど……浴室内のタオル掛けに干していたタオルが、どうやら何かの拍子に落ちてしまっていたらしい。

落としたのは多分お風呂洗いの時だと思うんだけど、私はそのことに気付かず、タオルは排水溝のところまで流され――廊下までお湯が浸水する事態を引き起こしてしまったというわけだ。

「どっ、どうしよう！　下の階に浸水したりしたら……！」

「落ち着け。この部屋の下の階は今空き部屋だったはずだ」

「なっ、なんでそんなこと知ってるの⁉」

パニック状態の私の声は情けないけど半泣きで、どうでもいいことを口走る。

お隣さんはやっぱり怪訝《けげん》そうに眉根を寄せて、それでも自分には関係のないこの状況を投げ出そうとはしなかった。

「とりあえず、全部拭くしかねーだろ。このままじゃフローリングが水分吸って腐《くさ》るぞ」

「バスタオル持ってきますっ」

お隣さんの横を通り抜け、ありったけのバスタオルを取り出す。脱衣所ももちろんお湯に浸ってしまっていて、目の前がくらくらした。

「俺は廊下拭くから、お前は脱衣所を拭け」

お隣さんにバスタオルを二、三枚手渡して、私は指示通り脱衣所に戻る。

何やってんだろ、私。夜遅くに扉バンバン叩いて、いきなりG退治をお願いして。それだけでも十分非常識なのに、挙げ句の果てにはこんな大失態を犯して、あまつさえ片付けまで手伝わせるなんて。

一人暮らしをすることになって、一人でもやっていけるって思ってたのに……迷惑かけまくりじゃんか。

こんなんじゃお兄ちゃんにだって呆《あき》れられる。そう思ったら、悔しくて目の奥が熱くなった。

やだ、泣かないでよ私。こんなことで泣くような女じゃないんだから。涙は、あの時一生分流したはずなんだから……。

バスタオルを何度も絞っては拭き、終《しま》いにはフェイスタオルも全部引っ張り出して、全部の水分を拭き取り終えた頃には、夜はとっぷり更《ふ》けていた。

「ご迷惑おかけしました……」

「ほんとだよ」

リビングの真ん中で深いため息が吐かれて、私はもう何も言えない。萎《しお》れた私を見て、お隣さんは面倒臭そうに頭を掻いた。

「フローリングが結構水吸っちまってたから、一応大家に報告したほうがいいと思うぞ」

「そうですよね……」

報告かぁ。もう夜遅いから明日になるけど、気が重いなぁ……。

よくしてくれてる大家さんにまで迷惑かけちゃう。

それに、大家さんからお父さんに伝わってしまう。反対を押し切って一人暮らしを始めたのに、初《しょ》っ端《ぱな》からこんな失態を犯したなんて知れたら何を言われることやら……。

「じゃ、俺帰るから」

「はい。ほんとにありがとうございました」

玄関に向かって廊下に出たお隣さん。その後を追って廊下に出ると、

──ミシッ……。

何とも不穏《ふおん》な音が静かに響いた。音を立てたと思われるお隣さんも、立ち止まって足元を見つめている。

「今の音って」

「……床だな」

ですよね。水……いや、お湯浸しになって、思っていた以上に床が傷んでしまったのかもしれない。

「ゆ、床抜けたりしますか……」

リビングも寝室もトイレも、廊下を通らなくちゃ行けない。何度も行き来して、万が一マンションの床が抜けるなんてことがあったら……。

「さすがにそんなことにはならねぇと思うけど」

「そう、ですよね」

そうは言っても、不安だ。お隣さん曰《いわ》く真下は空室とはいえ、もし万が一のことがあったら……。

失敗続きのせいか、どんどん悪い方に考えちゃって、無意識のうちに表情がぎゅっと固まっていたらしい。

そんな私を見て、お隣さんがまた深いため息をついた。

「そんな不安なら……とりあえず、ウチ来れば？」

——と、ここで冒頭に繋がるわけです。

まさかの展開に唖然《あぜん》としてしまう私。そんな私の様子を歯牙《しが》にもかけず、お隣さんは平然と続ける。

「寝るのがソファで良ければ、だけど。俺も明日仕事だし、そろそろ寝たいんだよ。どうせ一晩だけだし、あーだこーだ言うよりもそれが一番手っ取り早いだろ」

「でも……」

どこまで迷惑かけるんだって感じだし、申し訳ないし。何より、ここまで頼っておいてなんだけど、この人危険だし！

さすがにそれは、と遠慮しようとしたところで、お隣さんが欠伸混じりに言う。

「別に取って喰《く》ったりしねーから安心しろ」

言葉通り、本当に興味がなさそうな物言いで、言外《げんがい》にコドモ扱いをされていることが伝わってくる。

「どーすんの？　俺、まじで帰るけど」

「おっ……お邪魔します！」

返答は、完全に勢いで口を衝いて出た。

先を歩いていくお隣さんを追うようにして家を出る。九月の夜はまだ熱を持っていて、それでも肌を撫《な》でる風は盛夏《せいか》よりも幾分冷たい。

心の中には危険信号が灯っていて、脳内には警告音がずっと鳴り響いている。ここに踏み込むのは危険だと。

それでも今、頼れるのはお隣さんしかいないのだ。

お隣さんに続いて足を踏み入れた四〇三号室は、四〇四号室と全く同じ間取りだった。

リビングを陣取るソファには数枚の服が乱雑に掛けられ、その前のテーブルの上にはカップラーメンのゴミが置いたままになっているけれど、比較的綺麗な部屋。ていうか、全体的に物が少ない。オトナの男性の一人暮らしって、こういうものなのかな。

「俺、明日七時四十五分には家出るけど、お前は？」

「私はもうちょっと早く出ます。制服取りに帰らなきゃだし」

「……制服？」

私が発した言葉が、お隣さんの中で引っ掛かったらしい。その意図がわからなくて、私の方が首を傾げた。

「制服って、お前今いくつ？」

「十六です。高校二年生」

Vサインを目の前で掲げると、お隣さんは目を瞬《しばた》かせた。

「若いとは思ってたけど、JKかよ。てことは、一人暮らしじゃねぇの？」

「一人暮らしですよ」

なんの気なしに答えてから、ハッとする。こんなにベラベラ自分のこと喋《しゃべ》っちゃって、大丈夫なのかな。

注意しなくちゃいけない人のはずなのに気が緩んじゃうのは、なんとなく……ほんとになんとなくだけど、お兄ちゃんに似た雰囲気を感じるからなのかもしれない。

変だな。お兄ちゃんはこんなぶっきらぼうで適当な話し方しなかったし、全然似てないのにな。

「お隣……真木、さんは、おいくつなんですか？」

私が聞くと、「二十四」と短く返された。

「ミヤマさんは、下の名前なんてーの？」

「へっ？」

びっくりして、思わず声が詰まった。まさか下の名前を聞かれるだなんて思ってなかったから。

少し戸惑った私を気に留める様子もなく、お隣さんは私の言葉を待っている。

「茜、です」

「アカネ。オッケー、茜な」

何の躊躇《ためら》いもなく下の名前を呼べちゃうあたり、学校の男子とは違うことを感じる。オトナの余裕と言いますか。

「真木さんは、下のお名前なんて言うんですか？」

「直也《なおや》」

「なおや……」

真木直也。知らない名前。今この瞬間まで、知らなかった名前。

口にしてみたけど、なんか、やっぱり、変な感じ。

「年上だからって無理に敬語使わなくていいぞ」

「えっ」

「あと、呼ぶ時は下の名前で呼んでくれ」

「えぇっ」

なんでもないことのように言うけど、それってすっごくハードル高いんですが！

狼狽《うろた》えるコドモの私に視線をよこして、お隣さんが欠伸を噛《か》み殺しながら言う。

「俺、名字嫌いなんだよ。呼びづらかったら、テキトーにあだ名つけて呼んでくれてもいいし」

タメ口に、あだ名ですと。ますます上がるハードルに目を回していると、ふっと短く空気が震えたのが聞こえた。

見上げると、高い位置でお隣さんの口元が僅《わず》かに持ち上げられている。

得体の知れないことに変わりはないけれど、危険な人じゃないのかもしれない。

そもそも危険だってのも、状況から見た私の単なる妄想に過ぎないわけで。あぁなんだ、けっこう大丈夫そうじゃん。

「ナオ」

なんて呼ぼう。安心したら口からするりと答えがこぼれた。ナオくん。

「私、真木さんのこと、ナオくんって呼びま……呼ぶよ」

そのまま名前を呼ぶよりも、あだ名の方がいくらか呼びやすい。そう思って口にすると。

「え……」

彼は、目を大きく見開いて固まっていた。

「ナオ、くん……？」

心配になって声をかけると、彼はハッと我に返って、ようやく視線が絡んだ。夜に残る暑さのせいか、その額にはうっすらと汗が滲《にじ》んでいる。

「嫌でした？　さすがに馴れ馴れしいかな」

「あ……いや、そうじゃなくて」

くしゃっと前髪を掻いた右手の下で、彼が力なく笑った。

「昔の知り合いに、俺のことそう呼ぶやつがいたから。……ちょっと、懐かしくなっただけだ」

嫌とかじゃねぇんだけど、と、言葉の最後に付け足される。

彼の弱ったような笑みを見て、私の中のオンナのカンがピンときた。この人のことを「ナオ」って呼んでいたのは、きっと女の人だ。

昔の知り合いってことは……元カノか、それとも片想い相手とか？

「他の呼び方のほうがいい？」

「いや、いいよ。好きに呼べっつったの、俺だしな」

ソファに積まれていた洗濯物からタオルを取り、お隣さん——ナオくんが私にそれを差し出す。

「風呂、溢れさせただけでまだ入ってないんだろ。俺のタオルでよければ好きに使え」

「あ……ありがとう」

そうだった。言われて、そういえばまだお風呂に入っていなかったことを思い出した。

でも、男の人の家でお風呂って……。初めてのことに戸惑いを見せた私に、ナオくんが目を擦《こす》りながら言う。

「心配すんな、コドモには興味ねーから」

本当に、微塵《みじん》も興味がなさそうに、今度はストレートにコドモ扱い。狼狽えた自分がバカみたいじゃんか。

「じゃ、俺もう寝るから」

そう言ってリビングを出ていったナオくんの頬《ほお》に、去り際、真新しい傷があることに気が付いた。数時間前、道で会ったときには絆創膏が貼られていたところだったはず。

い、痛そう。なんでそんなところ怪我するの。

色んなことがあった長い夜。お隣さんを頼ることになったけど……この人は一体、何者なんだろう。

思イガケナイ優しさ

まぶたの向こうが眩《まぶ》しくて、意識はどんどん引き戻された。重たい目を薄く開くと、白い天井がぼんやりと映る。

「ん……」

今何時だろ……。

眩しさから逃れるために体をよじらせて寝返りを打ったところで、何かがいつもと違うことに気付く。それは、マットレスの固さとか、薄目で見た景色とか。

……そうだ！

ハッとしてまぶたを持ち上げると、すぐに誰かと視線がぶつかった。

「お、起きたか」

頭上から降ってきた低い声に、私は思わず動作を停止してしまう。

そうだ、昨日色々やらかして……お隣さんの家に泊めてもらったんだった。クリアになった頭で理解して、それとなく髪を整えながら体を起こす。

「おはようございます」

「おはよ」

ナオくんも今起きてきたところなのか、短い髪がところどころ跳《は》ねていた。

「コーヒー淹《い》れるけど、お前も飲む？」

「ミルクある？」

「ない」

「じゃあ大丈夫、です。ありがとう」

ブラックコーヒーは苦くて飲めない。甘いカフェオレやココアが好き。そう言ったら、またコドモだって言われるかな。

「あ、そうだ。床のこと、時間ある時に大家に電話しとけよ」

「う。そうだね……」

今日の最大のミッションを突きつけられ、心がずんと重くなる。大家さんにも、お父さん達にも報告しなきゃなぁ……。

項垂《うなだ》れかけたところで、思考の隅にふとある疑問が過ぎる。

「そういえば……ご厚意で泊めてもらっちゃったわけだけど、問題なかった？」

「問題？」

「ほら、彼女さんとか……」

もちろん、コドモは対象外だってことはわかってるんだけど。と慌てて付け足す。

そこまで言って、ナオくんはようやく理解した様子で頷《うなず》いた。

「今はカノジョいないから心配ねぇよ」

「え、そうなの……？」

私の反応を見て、ナオくんが不敵に口角を持ち上げる。

「自分で言うけど俺、すっげぇモテるからな」

「わぁ、ほんとに自分で言った」

思わずツッコんだ私に、今度はおかしそうに笑うナオくん。気怠げな表情が多い印象だったけど、案外よく笑うらしい。

「じゃ、着替えに帰ります。泊めてくれて、本当にありがと！」

「どういたしまして。遅刻すんなよー」

「ナオくんもね！」

洗面所で歯を磨《みが》いているナオくんにお礼を言って、四〇三号室を出た。

自分の家に戻り、そろーりと廊下のフローリングを窺う。と、フローリングが傷んで、一部分がささくれのように捲《めく》れてしまっていた。

「嘘でしょ……」

いよいよまずい。っていうか、水浸しになるだけでこんなになっちゃうもんなの？

「と、とりあえず学校行く準備しよ……」

どれだけ考えても時間は止まってくれないので、一旦思考を停止することにした。

それでも頭の中からは完全に消えてくれないで、準備に時間がかかり、家を出るのが随分と遅くなってしまったけど。

朝のホームルームが始まるギリギリに教室に滑《すべ》り込むと、二人の生徒が私に気付いて歩み寄ってきた。

「おはよう、御山」

「茜がギリギリなんて珍しいね」

中学からの友達の立浪真帆《たつなみまほ》と、今年同じクラスになって仲良くなった近藤太一《こんどうたいち》。

いつも冷静な真帆と、お調子者の近藤。一見デコボコな私たちだけど、何かにつけて一緒にいる、いわば仲良し三人組だ。

「うん。もうちょっと早く家戻ればよかったかも……」

「家？　忘れ物でも取りに帰ってたの？」

きょとんとする二人に、しまったと慌てて口を押さえる。

言えない……。色々やらかして、よく知らない男の人の家に泊めてもらったなんて、口が裂《さ》けても言えない！

不思議そうに首を傾げている二人に曖昧《あいまい》な笑みを返すことしか出来なかったけど、その時ちょうどチャイムが鳴ったので助かった。

お昼休み、真帆の席に集まってお昼ごはんを食べていたところに廊下から声が聞こえてきた。

「あ、御山茜だ」

「相変わらず可愛いなー」

喧騒《けんそう》の間を縫《ぬ》って自分の名前が聞こえ、私は思わず視線を投げた。廊下にいた男子生徒二人と目が合って、彼らは少し驚いた様子を見せてからそそくさと場を離れていく。

「相変わらずモテますね、御山さん」

「やだ、やめてよ」

からかい口調の近藤を睨《にら》みつけると、彼はおかしそうに笑って肩を竦《すく》めた。

「茜は中学の時からそういうの興味ないもんねー」

「うーん、ないわけじゃないんだけど……」

友達の話を聞くのは好きだ。相手の言動に一喜一憂して、喜怒哀楽すべてをさらけ出す様子はとても可愛い。

だけど、自分がそんな風に誰かのことを好きになるなんて、まるで想像がつかないのだ。

「お兄ちゃんが格好よすぎて、ハードル上がってるのかも」

真剣な面持《おもも》ちで私が言うと、二人は顔を見合わせて、それから呆れたように笑われた。

「出た、茜のブラコン」

「御山のにーちゃんを倒せる男なんていたら、拝《おが》んでみたいくらいだわ」

慣れた様子であしらわれて、私は頬を膨《ふく》らませる。

ほんとなんだもん。お兄ちゃんが一番かっこよかったんだから。

「二人だって、好きな人の話とか全然しないじゃんか」

「いつもしてるじゃん、トイボの奏多《かなた》の話」

「それ、バンドのボーカルでしょ⁉」

思わず鋭くツッコんで、また笑いが起こる。

デコボコだけど、大好きな二人。三人で笑い合うこの瞬間は、嫌なことだって忘れられるんだ。

——だけど、嫌なことから逃れられるわけじゃない。

学校が終わってマンションに帰って、いつもなら真っ直ぐにエレベーターに向かう足を、今日は管理人室に向けた。ガラス戸を叩《たた》くと、中にいる大家さんがすぐに気付いてくれる。

「茜ちゃん。おかえり、今学校帰りかい？」

「はい。ただいまです」

いつもの私だったら話を次に繋げるところだけど、今日の私にそんな余裕はない。

意を決して話を切り出すと大家さんは目を丸くした。

「あちゃー、これは派手にやったねぇ……」

四〇四号室に招き入れて廊下の惨状《さんじょう》を見せるなり、大家さんが声をあげた。

「お風呂のお湯を溢れさせたってことだったよね？」

「はい……すみません」

廊下にしゃがみこんで、フローリングの傷み具合を見る大家さん。いたたまれなくて、私はその場で縮こまることしか出来ない。

修理ってなったらお金かかるよね。いくらだろう。払えるかな……。

またまたずどーんと重石《おもし》を置かれた気分になっていると、大家さんがパッと立ち上がった。

「たぶん、原因は浸水だろうね」

「ですよね……」

「でも、一度水に濡《ぬ》れたくらいじゃさすがにこんなに酷《ひど》くならないよ。多分だけど、元々フローリングが傷んでいたところにその出来事が起こって、ダメ押しになったんじゃないかな」

一つひとつ言葉を選びながら、大家さんが事態を整理してくれる。予想外の展開に、私は思わずきょとんとしてしまった。

「前に住んでいた人が退去する時に一通りチェックは行ってるはずなんだけど、甘かったのかもしれないね。担当が僕じゃなかったとはいえ、申し訳ない」

「えっ……いや、謝ってもらうことじゃ！　私がここを水浸しにしちゃったのは事実ですし……」

「うん、そうだね。それがなければフローリングは保ってたかもしれないし、君に非がないとは言い切れない」

大家さんはにこやかな表情のまま、淡々《たんたん》と話を続ける。その先の展開を、私は全く読めないでいた。

「このままじゃ引っかかって転ぶかもしれないから、工事に入らせてもらいます。

で、その費用はもちろん出してもらうことになるんだけど……」

「……はい」

「うちのマンションと分担で払ってもらいます。と言っても、うちが大部分を負担して、あまり大きな金額にはならないようにするよ」

「えっ」

ニコニコ笑顔を前にただ聞くことしか出来なかったけど、そこでようやく引っかかった。

「そ、そんなのダメです！　傷んでたかもしれない、なんて憶測《おくそく》じゃないですかっ」

「うん。でも、茜ちゃんのせいだけでこうなったってのも憶測だよね」

「それはそうかもしれませんけど……！」

これが大家さんの優しさだってこと、わかってる。まだ高校生の私を思いやってくれてるって、ちゃんと伝わってる。でも……！

「自分の足でしっかり立とうとするのは尊《とうと》いことだけどね」

大家さんの皺がいっぱい入った手が、頭にぽんっと優しく載せられる。

「気を張ってばっかりじゃ疲れてしまうよ。甘えられる環境にあるなら、甘えてしまいなさい」

言われて――あぁそうか、この人はお父さんの恩師だったっけ、と思い出す。

「……すみません、本当に。ありがとうございます」

「気にしないで。お父さんには僕からは何も言わないから、報告するのかしないのか、君が判断しなさい」

終始穏やかに微笑んで、最後は判断を私に委《ゆだ》ねた。甘えることしかできない自分が悔しくて、わかりました、と小さく答えた声は掠《かす》れた。

工事の日程が決まったらまたアナウンスすると言い置いて、大家さんは四〇四号室を後にした。

「……怖いなぁ」

思わずそう呟《つぶや》いたのは、翌日の土曜日の朝のこと。傷んだ床で一晩過ごしてみて、率直な感想が口の端からこぼれた。

傷んだのは玄関を上がってすぐのところだけど、玄関や洗面所に繋がるところでもあるので通る回数はそれなりに多く、そのたびにドキドキするのだ。

一旦は実家に避難することも考えたけど、空き家にするのは不用心だからとお父さんと話し合って、単身赴任の叔父さんが代わりに住んでくれていることを思い出してやめた。仕事が忙しい人だし、迷惑はかけられない。

幸い、床以外に被害はない。極力通る回数を減らせば、何とかなるはずだ。

何とか前向きに考えを持っていこうとしたところで、

――ピーンポーン……。

家中にチャイムの音が鳴り響いた。

慌ててリビングに取り付けられているインターホンのモニターを覗き込むけれど、

「宅配かな……」

画面は真っ暗なままだった。あ、あれ……？

音は確かに聞こえたのに、なんで何も映ってないんだろう。困惑していると、すぐにまた同じ音が鳴る。

もしかして！

慌ててリビングを飛び出し、廊下に出る。傷んだ床を避けて、玄関まで急いだ。

「おはよ」

鮮やかに照らされた朝の景色を背景にして、ナオくんが立っていた。昨日の朝とは違って、髪の毛がちゃんとセットされている。

「こんな時間にどうしたの？　今からお出かけ？」

「いや、仕事帰り。床がどうなったか気になって寄ってみた」

仕事帰りって、こんな時間に？　昨日の朝に仕事に向かってたし、夜勤とかじゃないはずだけど……。

相変わらずの得体の知れなさに若干の不安を抱きつつも、悟《さと》られないように笑顔をぺたりと貼り付ける。

「見る？　びっくりするよ」

「その顔と言い方、嫌な予感しかしねーんだけど」

苦笑いを浮かべるナオくんに、扉を開けてフローリングの惨状をお披露目《ひろめ》した。

「……すげぇな、予想以上だったわ」

少しの沈黙の後、ナオくんがぽつりと呟くように言った。そういう反応になるよねー……。

「大家さんに報告して、修繕《しゅうぜん》してもらうことになった。工事がいつになるかはまだわかんないけど、大家さん、急いで工事の手配してくれるって」

「どうすんのコレ」

知らせると、ピクッとナオくんの眉が動いた。

「いつかわかんねぇって、それまで放置？」

「そういうことになるかな」

あはは、と力なく笑うことしかできない。そんな私を見て、ナオくんが深いため息をついた。

「工事が終わるまで、うちに避難しとけ」

私から向かって右側……つまり、四〇三号室の方を親指で差したナオくん。

あ、デジャヴ。そう思った頃には、頭は今しがた鼓膜《こまく》を震わせた言葉の意味を理解していた。

「なっ……何言ってんの！」

「何って。昨日も泊まったじゃん」

「あれは一晩だけのつもりだったからで……！」

少し打ち解けたとはいえ、ただの隣人にそこまで迷惑かけることなんて出来ない。ナオくんに頼るくらいなら、叔父さんに迷惑かける方がまだ理にかなってる。

「べつに平気だよ！　避けて通れば何とかなるし！」

「いや、どう見ても危ねーだろそれ」

ささくれみたいにめくれたフローリング。確かに、ひっかかったりしたら危ないし怖いけど！

「これで怪我されたら、俺が夢見悪いじゃねーかよ。すっころんで大怪我して、救急車呼ぶ羽目《はめ》になったらどーすんだ」

「それはまた大袈裟《おおげさ》な……」

「あり得る話だろ。そうなったらかわいそうじゃねぇか、仕事増やされた救急隊員が」

心配してるの、そっちですか！　思わぬ方向に向けられた矛先《ほこさき》に、心のなかで盛大にツッコんだ。

しかしナオくんは真剣な表情のまま、私とフローリングを見ている。

「これが危ないってことはわかってんだろ」

「それは……」

「わかってるけど、頼るとこがないから家にいる。違うか？」

全てを見透かしたような物言いに、ぐっと言葉を飲み込んでしまう。彼は真っ直ぐに、淀《よど》みのない瞳で私を見据《みす》えていた。

「迷惑とかいちいち考えなくていい。それでも考えちまうなら、掃除とかで返してくれたらいいから」

なんなんだよう。本気で心配してるってわかる顔、しないでよ。

「掃除とかって……本当に、そんなことだけでいいの？」

「いいも何も。お前は工事までの宿を確保できる、俺は家事をしなくて済む。これでwin-winだろ」

昨日、大家さんが言ってた言葉を思い出した。

これはもしかすると、すっごくありがたい申し出なのかもしれない。素直に甘えちゃっていいのかもしれない。

人に頼ってばっかりで不本意な今だけど、私なりに恩返ししていけばいいのかも。

「心配してくれて……ありがと。お邪魔させてもらえたら、助かります」

「おう。素直でよろしい」

ナオくんが子どもを褒《ほ》めるみたいに言うから、ちょっと悔しくて。でも、彼が笑ってくれたことにホッとして、心の中の波が少し穏やかになったような気がした。

「じゃ、ウチにいる間に必要な荷物まとめてこい」

「わかった」

玄関先で待っててくれる素振りだったので、私はすぐに体を翻して荷物をまとめに行こうとした。

その背中に、「あ」と何かを思い出したような声がぶつかる。

どうしたんだろ？　足を止めてパッと振り向くと、腕を組んだナオくんが神妙《しんみょう》な面持ちで口を開いた。

「家にJK連れ込みたいとか、そういうよこしまな気持ちは一ミクロンもないからな」

べつに意識とかしてないし、私もそんなつもりはさらさらないし、ナオくんもそうだってことわかってるけど……真っ正面から断りを入れられるとなんだかすっごい悔しいんですけど！

「ガキには興味ないんでしょ、知ってるよ！」

思わず語気を強めた言葉を言い置いて、一旦は止めた足を再び部屋へと向ける。

その背中に、ナオくんのおかしそうな笑い声が届いた。

慣レナイ生活

『申し訳ないけど、工事に入れるのは少し先になりそう』

大家さんからそんな連絡をもらったのは、一週間前のこと。

「明日も夜帰ってこないの？」

「あぁ」

日曜日の夜、リビングのど真ん中でバラエティを見るナオくんに声をかける。

キッチンから顔を覗かせずに聞いたから彼がこちらを見たかどうかはわかんないけど、たぶん一瞥《いちべつ》もせずに答えたんだろうな。

「いい加減、何の仕事してるか教えてよー」

「嫌だっつってんだろ。下手なこと言えなくなる」

「下手なこと言えなくなる職業とか、想像もつかないんですけど」

一緒に暮らし始めて一週間と少し。だけど、ナオくんが家にいたのはその半分だけだ。

朝、ラフな格好でフラッと出て行ったと思ったら、次の日まで帰ってこない。どうやら日中に帰ってきているようで、学校に行っている私とはいつもすれ違う形だ。帰ってきた日は一日中家にいて、筋トレしたり、ランニングやジムに行ったりしてまた帰ってくる。

体を鍛《きた》えることが好きなのはわかったんだけど……それ以外は未《いま》だに謎に包まれたまま。

身を寄せることになったその日に合鍵《あいかぎ》を渡してくれたから、普段ナオくんが家を空《あ》けている時でも私は普通に出入りできる。

私の生活拠点はもっぱらこのリビングで、寝るのもソファ。疲れるかなと思ってたけど、そんなに体が痛くならないのは、たぶんいいやつだからだと思う。

「雨、止まないね」

「そうだな」

洗い物を終えて、リビングに戻る。私が振った話題に返答したナオくんのテンションは、心なしかいつもより低い。

「しばらく大雨が続くってさ。困っちゃうよね」

「外で遊びたいトシゴロだもんなぁ」

ナオくんの私に対するコドモ扱いは相変わらずだ。っていうか、テンションもいつも通りかもしれない。

高校二年生って、大人から見ればそんなにコドモなのかなぁ。

「そういえば、お米がもうなくなるよ。買いに行こう」

「買いに行くって、今から？」

私がうんと頷くと、ナオくんは少し面倒くさそうに顔を上げた。

「その前に一服《いっぷく》だけしていいか」

「えー。しょうがないなぁ」

「サンキュ」

渋々了承すると、ナオくんはテーブルの上に置いてあったタバコを手に取ってベランダに出た。

ベランダは二つの部屋のどちらからでも出入りが出来て、結構広い。ナオくんちのベランダには足の長い椅子と灰皿が置いてあって、ナオくんはそこでよくタバコを吸っている。

「お待たせ。行くか」

ナオくんがベランダから戻ってきたのを合図に、私もお財布をポケットに突っ込んだ。

「雨酷くなってきたし、車で行こうぜ」

手のひらの中でジャラッと鍵を鳴らしながらナオくんがそう言ったのは、エレベーターを目指してフロアの廊下を歩いている時だった。

この雨の中歩いて買い物に行くのは骨が折れるなぁなんて思ってたけど……。

「車持ってたの？」

「言ってなかったっけ？」

「聞いてないよ！　びっくりだよ」

エレベーターのボタンを押しながら、ナオくんの顔を覗き込む。そうだっけ、と気怠そうに呟くナオくんはやっぱり背が高くて、近くに立つといつも見上げる形になる。

この前聞いたら、身長が百八十五センチもあるんだって。十センチくらい分けてほしいよ。

「じゃあ通勤はいつも車？」

「いや、歩き」

「歩きで行けるって、どんな仕事場なの？」

「そりゃあ――」

上の階から到着したエレベーターに先に乗り込んだ背中に問いかけると、彼はボタンを押しながら答えかけて、かかった！　と思ったのも束《つか》の間《ま》、

「ってあっぶねぇ、言いかけた。素直で純粋な俺様をハメようとしたなコラ」

くるりと振り向いて、さっきとは違って乱暴に私の頭を掻き乱した。

「ぎゃっ！　せっかく髪まとめてたのに！」

「ははっ、メデューサみたいになってんぞ」

「天パだから特に湿気にやられるんだよ！　やった本人がそんなに笑うのナシ！」

「へぇ、天パなのかそれ。いつにも増してクルックルだなぁと思ってたんだよな」

エレベーターが一階について、再びナオくんが先を歩き始める。スタスタ歩いた

先にあったのは、意外にも普通の乗用車。黒くて、結構コンパクトなヤツ。

キーの開いた車の助手席に乗り込むと、革のシートの匂いと、ナオくんが吸っているタバコの匂いが微《かす》かに車内に漂《ただよ》っていた。

……この匂い、やっぱりどこか懐かしい感じがする。

初対面の時に感じた懐かしさは、今もたまに感じることがある。一ヶ月前はまだ他人同士で、懐かしさなんかあるわけないのに。どうしてだろう。

私達を乗せた車は迷いなく駐車場を出た。最近になってようやく慣れてきた景色が、いつもの何倍ものスピードで移り変わっていく。

「嫌な雨だね」

「そうだな」

フロントガラスに打ち付ける雨はさっきよりも激しさを増して、ワイパーはせっせと仕事をしている。それでも滝のように流れる雨水が、私達の間に流れる空気に少しだけ静けさを加えているような気がした。

少しの沈黙が落ちて、しかし息苦しさを感じることもなく私は窓の外に視線を向けた。

「……まだわかんねぇんだけどさ」

信号待ちで車が停止した時、独り言のように小さな声で、ナオくんがぽつりと切り出した。

「もしかしたら、これから数日家を空けることになるかもしれない」

「え……？」

「そうならなきゃいいなとは思ってんだけど……こればっかりはわかんねーから」

信号が青になって、車がゆっくりと加速し始める。ハンドルを握るナオくんは真っ直ぐに前を見ていて、相変わらず何を考えてるのかよくわかんない。

ただ、時々街灯の明かりに照らされるナオくんの横顔がひどく綺麗に見えたことだけは、確かだった。

「それは……お仕事で？」

「……あぁ。だから、せっかく作ってくれたメシも、もしかしたら無駄にしちまうことがあるかも」

ナオくんの家でお世話になるようになって、食事担当はもっぱら私だった。

申し訳が立たないと言った私にナオくんが任命してくれた役割。

他にもお風呂洗いとか掃除とか……別々にしている洗濯以外の家事の多くを私が担《にな》っているけれど、料理は特別楽しかった。お母さんに教えてもらって元々好きなのもあったけど、リアクションが一番分かりやすいような気がして。

「わかった。その時は、私の肥《こ》やしにするから気にしないで」

「おぉ、それは頼もしいな」

「ちょっと。そこはフォローしてよ」

横から軽く睨むとナオくんが笑って、気がつけば車内の空気はいつもの調子に戻っていた。

「そういえば、お互いの連絡先知らないよね。ご飯いらない時とか連絡できるんだったらしてほしいし、後で教えてよ」

「そういえばそうだな」

連絡先は、家に帰ってから交換した。アプリの登録名は『真木直也』。アイコンも設定されてなくて、私の登録欄では少し異様なシンプルさだった。こういうところでも、年齢の差って感じるものなんだなぁ……。

「何かあったら連絡入れるわ」

私の連絡先を登録する時、そう言ったナオくん。そして、『何かあった』時の連絡は、意外にもすぐに来た。

【たぶんしばらく帰れない。めし不要】

ナオくんと連絡先を交換して、三日が過ぎた頃。彼が初めて私のスマホを鳴らした。

遠くに雨音を聞きながらアプリを開くと、メッセージが入ったのはつい三分前のこと。端的な文章にらしさを感じながら、忙しい中送ってくれたものであることを理解する。

「……どういう状況にいんのよ」

ハードボイルドなイメージしか思い浮かばなくて、思わず苦笑してしまう。

「……お風呂入ろ」

給湯器の使い方は、ちゃんとナオくんが教えてくれた。スイッチを入れて、お風呂場の蛇口を開ける。

たったこれだけだったのに……なんであの時、わかんないって片付けちゃったんだろう。私のバカ。

ナオくん、いつ帰ってくるのかな。さすがに、家主がいない家に何日も一人はやだな。

一人で食べるのはちょっと味気ないから、一緒にご飯食べたいなぁ……。

『今夜が雨のピーク』というネットニュースの記事の通り、午後からは更に雨が激しくなった。誰かが神様を怒らせたの？　ってくらい、バケツをひっくり返したような雨が降っている。

午後から休校になり、帰宅して見た夕方のニュース番組では、いくつかの川が氾《はん》濫《らん》寸前という情報がずっと流れていた。

「これ、隣の市を流れてる川だ……」

テレビに映る川の映像。その横には、知った川の名前。

堤防《ていぼう》が何とか水を堰《せ》き止《と》めているけれど、いつ氾濫してもおかしくないような状況みたいだ。

去年も一昨年も、こういう映像を見た。川が決壊して、街が水に沈んだ。心配しながらも、その時は他人事のように考えていたけれど……今は、他人事じゃないんだ。

認識するとゾッとして、足元がひんやり冷えていく。

こんな時に、一体何してんのよ……。

外が危険な状態なのに、家にいないナオくんのことを思うと不安が募《つの》る。

「人に言えない仕事とか、危険すぎるし……！」

ソファーの上で三角座りをして、きゅっと膝《ひざ》を抱き寄せる。

九月下旬でそんなに冷え込んでいるわけじゃないのに、一人の部屋はどこか寒い。

降り続く雨は、どうも気持ちまで沈ませる。

嫌だなぁ……と思いながら、いつのまにか落ちていた視線をテレビに向けると。

「……え？」

地面より低くなった高架下《こうかした》の道路が冠水《かんすい》して、半分くらいまで水に浸かった車が映し出されていた。

カメラが引いたタイミングで、レインコートを着た警察官とオレンジ色の制服に身を包んだ消防隊員の姿が一瞬カメラに捉えられた。何やら話し込んでいる様子の

彼らが映ったのはほんの数秒だったんだけど、

「ナオ、くん……？」

オレンジ色のほう、ヘルメットで雨を凌《しの》いでいる隊員に見覚えがあった。

いつもテキトーなことしか言わないで、のらりくらりとかわして。あんな見たこともないような真剣な顔を一瞬見ただけじゃ、本人かどうかなんて判断できないけれど。

「ナオくんだ……っ」

根拠《こんきょ》なんてないけど、そう思った。絶対そうだって思った。

傷だらけだった腕。トレーニングばかりの生活。不規則な生活サイクルも、あれがナオくんだとしたら納得がいく。

いつもあんなにテキトーで、タバコだって吸うけれど。オレンジ色の服を着て、消防隊員として人のために働く姿なんて想像もつかないし、信じられないけれど。

だけど何より、ナオくんが今ここにいないこと。それが、この不確実な推測の信《しん》憑性《ぴょうせい》を高めているような気がして。

テレビの画面を食い入るように見つめてみたけれど、彼らしき人物の姿はもう映らなかった。

緊迫《きんぱく》した現状の中で、彼は今、たぶん、最前線で頑張ってる。

「おねがい。無事に……帰ってきて」

危険な現場にいる。何が起こるかわからないこの状況で、私が今出来るのは、祈ることだけだ。

朝になって大雨警報は解除されていたけれど、災害級の大雨は各所に爪痕《つめあと》を残していて、引き続き次の日も臨時休校になった。

氾濫危険水位に達しかけた川も、ギリギリのところで持《も》ち堪《こた》えて、街に大きな被害はなかったみたい。

『うちの地元は大丈夫だった！』

テレビ電話で、笑顔を弾《はじ》けさせたのは近藤だ。水が溢れそうだった川は近藤が住む市を流れていて、無事はわかっていたけれど、その報告を本人から聞けたことにホッとする。

『駅も夕方までに全部復旧したみたいだし、明日には学校行けそうだね』

『げ。一週間くらい休みでもいいのに』

「そんなことになったら、春休み短くなるよ」

『それは困る！』

いつもの調子で会話は進み、しばらく談笑したところで真帆が視線をスマホの画面の外に向けた。

『あ、お母さんに呼ばれちゃった。晩ご飯食べてくる』

「じゃあ、今日はお開きにしよっか」

『だなー。また明日』

通話を切って、一瞬でぬくもりを失ったスマホをソファに投げた。

あぁ、なんか……やだな。

ソファーの上で、昨日みたいに膝を抱き寄せて頭を埋《うず》める。

雨は上がったはずなのに、まとう空気は冷たくて、やっぱり寒い。この大きな部屋は、一人で過ごすにはやっぱり広すぎるよ。

ぎゅっと閉じたまぶたの裏に、弾けるような笑顔が思い浮かぶ。

太陽みたいにあかるくて、見上げる姿はひまわりみたいにおおきくて、本当に、ほんとうに、大好きだった。

泣いてねだってようやく買ってもらったおもちゃより、かけっこ大会で手に入れたきんぴかのメダルより、自慢だった。

「おにいちゃん……」

瞳の奥が熱くなって、奥歯を噛んでグッと堪《こら》えたとき――廊下の方から音が聞こえた。

考えるよりも先に立ち上がり、リビングを飛び出す。真っ暗な廊下に、少しだけ開いた扉の隙間から光が差し込んで、シルエットが現れた。

「ナオくん！」

暗がりの中、無我夢中で駆け寄る。自分が笑ってるのか泣いてるのかなんて、わかんなかった。

「茜？　どうした……って、うわっ」

手を伸ばして、ぬくもりに触れて、後先なんて考えずにフローリングを蹴った。

ぬくもりはそれを予想していなかったらしく、ぐらりとよろけてしまったけれど、それでも倒れないところがさすがだと思った。

「ビビったー……。なんかあったのか？」

なんかあったのか、じゃないよ。他人事みたいに呑気《のんき》に言ってさ、私が、どんな気持ちで……。

「ぶじでよかった……っ」

絞り出した声は掠れていて、喉《のど》がきゅうってつねられたみたいに痛かったから、これ以上言葉を発したら溢れそうになるものを堪えきれないような気がした。

私に捕らえられたぬくもりは何かを察したように息を飲んで、腕を私から解放させる。その手を私の頭の上に置いて、そこに額《ひたい》を当てたことは、ずしりと重さが加わったからわかった。

「中継にでも映ってた？」

「……ん」

「報道来てたもんなー。あーあ、バレちまった」

ナオくんの吐息が髪をくすぐる。全身で感じる熱はちゃんとここにあって、彼がここで生きていることを確かに証明してくれた。

「ナオくんは……消防士なんだよね」

「一応な。どうせ似合わねえと思ったろ」

軽い口調でナオくんが笑った。あまりにいつも通りだから、危ない場所から帰ってきただなんて嘘なんじゃないかとすら思えてしまう。

だけど、彼がオレンジ色に身を包んでいたことは本当で。

「すっごく、不安だった」

強くありたいと思うのに、弱音はガードにかからずするりと落ちた。

「あれが……ナオくんじゃなきゃいいって思った。やっぱりご飯食べられるようになったって、ふらっと帰ってきてくれないかなって」

「茜……？」

「だって、消防士って危険に身をさらすでしょ。怪我することだって、あるでしょ」

暗いから、顔が見えないから。そんな言い訳ぜんぶ、なんの免罪符《めんざいふ》にもならないのに。

「死んじゃう可能性だって、なくはないわけでしょ……っ」

ナオくんのシャツを握る指先が震えていた。自分でもこんな風になる理由が、よくわからなかった。

混乱する私の頭上で、ふっと空気が揺れる。

「なーに言ってんだよ。たかが隣人のオッサンが死んだところで、お前にとっちゃ大したことじゃねーだろ」

まるで赤ちゃんをなだめるみたいに、ナオくんが私の頭をぽんぽん叩く。こうやって撫でてくれた手を、私は知ってる。

「それに、この俺が簡単に死ぬと思うか？」

「……思わない」

「だろ？　そこでその答えが返ってくるのもいささか不本意だけどな」

優しい手つきで頭を撫でたまま、いつも通りの気怠げな声で、だけど少し優しい温度。似ても似つかないのに重なる影が、私を安心させるのと同時に、不安を掻き立てる。

「普段、バカみたいにキッツい訓練してんだぞ。死んでたまるかよ」

「……そう、だよね」

「消防士は生きて帰ってくるのが鉄則だからな。テレビとかでよく〝決死の〜〟とか言うけど、こちとら死ぬ覚悟なんかしてねっつの」

私の腕をそれとなく解《ほど》き、靴を脱ぐナオくんはいつもより少し饒舌《じょうぜつ》だ。私を安心させるためにそうしてくれていることは、顔を見ないでもわかった。

「腹減ったー。俺の分の夕飯ってある？」

いつもの調子でリビングに向かうナオくん。その背中にホッとしつつ、心には僅かなモヤモヤが残っていて、その不安が私の口を滑らせた。

「私のお兄ちゃん、事故で死んだんだ」

ナオくんと私の間。ぽっかりと穴が開いたような空間に、ぽつりと言葉を落とす。

「え」と短い声が聞こえてきた気がしたけど、それには応《こた》えない。

「私は十歳で、お兄ちゃんは大学一年生だった。優しくて、本当に大好きで……突然いなくなっちゃったから、もう明日なんか来ないんじゃないかって本気で思うくらい、苦しくて」

明日なんて来なければいい。そうも思った。

「立ち直ってないわけじゃないよ。だって、時間は止まってくれないで、たくさん流れちゃったから」

お父さんとお母さんから、涙ながらにお兄ちゃんとの別れを告げられた時のこと。その時見ていた景色も、着ていた服も、抱いた感情も、何もかもを鮮明に覚えてる。

「人がいなくなる悲しみを、私は知ってるつもりだよ。だから、たかが〝隣人のオッサン〟でも、いなくなったら大したことなの」

人のために命を懸《か》けるナオくんのこと、すごいと思った。尊敬もした。だからこそ、たかが隣人のコドモがあなたの無事を願っていること。どうか、それを知っていて。

「ご飯！　昨日の残りでよかったらすぐに準備できるよ」

努めて明るい声を出し、扉の前で立ち止まっていたナオくんを追い越してリビングに入る。ナオくんの顔は見なかった。

何も言わずに少し遅れてリビングに入ってきたナオくんは、背負っていた通勤用らしいリュックをソファの脇に下ろしつつテーブルを見やる。

「現代文……」

「あっ、ごめん。さっきまで宿題してたから、ノートとかそのままだ」

キッチンに向けようとした足を止め、閉じて置いたままにしていた教材を掻き集める。

テーブルの上を片付けることに必死で、ナオくんがこの時、何を見て、何に気付いたのか。どんな表情をして、何を考えていたのかなんて、私には知る由《よし》もなかった。

――思えばこれが、私達の本当のはじまりだったのかもしれない。

鋭イ眼光

「無事に工事が終わりました」

十月二週目の昼下がり、ソファにもたれてテレビを見るナオくんに声をかける。

「そうか。よかったな」

「うん。大家さんにもお礼言ってきた」

業者さんの予定がいっぱいでなかなか来てもらえなかったけど、ようやく床を修繕してもらうことが出来た。

「ってことで、四〇四号室に戻ろうと思います。長い間、お世話になりました」

「いーえ。つっても、なんもしてねーけどな」

そんなことない。四〇三号室での生活は、想像以上に快適だった。

「ナオくん、寂しくて泣いちゃったりしないでね」

「ないない。地球が一分に三百回まわってもない」

間髪入れずに全否定されて、私は唇《くちびる》を尖《とが》らせる。そんなに盛大に否定しなくてもいいじゃんねぇ。

自宅へ戻ろうかと扉に足を向けた時、「でも」と静かな声が飛んできた。

「茜のめし、結構美味かったから……それがなくなるのはちょっと寂しいかもな」

びっくりして振り向くけど、ナオくんはテレビを見たままだ。

得意の料理を褒められたことが、自分が思っているよりもずっと嬉しかったらしい。だったら、だったらさ。

「ご飯、また一緒に食べようよ。ナオくんが食べたい時だけ声かけてくれたらいいから」

連絡先は知ってるし、家なんか隣だし。この生活が終わったって、何もただの隣人に戻る必要はないはずだ。

私の提案に、今度こそナオくんは視線を向けた。一瞬視線が絡んで、それから宙をぼんやり見つめる。

「ま……それくらいなら」

少し考えるような素振りのあと、ナオくんの承諾が下りた。

それくらいならって……なに、その渋々って感じの言い方！

「嫌ならはっきり言ってよね」

「はぁ？　俺がいつ嫌って言ったよ」

「顔が言ってた。すっごいめんどくさそうだった」

「めんどくさそうとか、俺に限ってはいつもだろ……」

気怠げにため息を吐いたナオくんが、頭をガシガシかきながらソファからのそりと立ち上がる。何をするのかと思いきや、彼はテーブルの上に置いてあったタバコとライターを手に取って、ベランダの扉を開けた。

「べつに嫌じゃねぇって」

カチッと音を立てて、ナオくんのタバコに火が灯される。ゆらゆら、ほんの数秒だけ自由に泳いだ煙が、外の空気と混じって消えていく。

「ただ……公務員の家にＪＫが頻繁《ひんぱん》に出入りするなんてマズいかもなーと思ったんだよ」

「……え？」

「世間の目って、お前が思ってるよりもずっと怖いんだぞ。万に一つもないことを勘繰《かんぐ》られでもしてみろ、俺が悪者にされるに決まってる」

「世間様に何かされた過去でもあるの？」

「ないけど」

一般論だ、とナオくんが短く煙を吐いた。ふぅん、そういうもんなんだ。

「これ、返すね」

ポケットに入れていたキーケースから、四〇三号室の鍵を外して差し出す。も、ナオくんは一瞥しただけでそれを受け取りはしなかった。

「飯食うって、どうせ俺んちだろ？　だったら、そのまま持ってれば？」

「え？」

「毎回鍵開けるのもめんどくせーし、俺どっか行ってるかもしれねーし」

ナオくんの口から飛び出したのは予想外の発言で、しかし鍵を預けていてもいいと思ってもらえていることが少し嬉しい。

「いいの？」

「おう。その方がお互い便利だろ」

キーケースの中で再び隣同士になった二つの鍵。それを見下ろして、自然と頬が緩むのを感じた。

＊

真帆と近藤がうちにやってくることになったのは、十一月半ばのことだった。

「お邪魔しまーす」

「どうぞー」

二人がうちに来るのもこれで何度目になるだろう。初めこそ遠慮気味だった二人も、今や勝手知ったる様子でリビングへと進んでいく。

随分と肌寒くなってきた金曜日の放課後。私から誘って、うちで鍋をつくることになったのだ。

リビングで卓上コンロを囲み、具材をすべて平らげた頃には、時刻は二〇時を過ぎていた。

「もうムリ。動けない」

ソファに背中を預け、表情を歪《ゆが》めながらそうこぼしたのは真帆だった。最後は半ば押し込む形になったお腹を抱えながら、天を仰《あお》いでいる。

「締めのうどんまで食ったもんなぁ。俺も結構満腹」

真帆を見やりながら立ち上がった近藤が、みんなの食器を集めながら笑う。

「あ、食器置いといてね。後でまとめて洗うから」

「いいよ、俺やるよ。どうせ立浪が回復しないことにはお開きにはならねぇだろ」

そう言ってキッチンへと足を向ける近藤の背中を慌てて追う。押し問答の末、洗い物は二人で分担することになった。

近藤がスポンジで食器や調理器具を洗って、それを私がお湯ですすぐ。

「……あれ？」

水の音を縫って、遠くで声が聞こえた気がした。思わず声をあげた私に、近藤が不思議そうに首を傾げる。

「どうかしたか？」

「あ、いや……。なんか、騒がしい声が聞こえた気がして」

「声？」

水道の蛇口をひねると、最も近くで鼓膜を震わせていた水音が止む。すると、微かに聞こえた音のボリュームが少しだけ大きくなって……何やら、マンションの廊下が騒がしい。

二人で顔を見合わせつついったんは真帆のもとに戻るも、廊下には人の気配があるままなので気になる。うーん。

「ちょっと、様子見てくるね」

「え……。様子見てくるって、大丈夫なのか？」

「お隣さんだと思うし、大丈夫だよ。見知った仲だから」

そう言い置いてリビングを出る。玄関が近づくほどに騒がしさへの距離も詰まった。

低い声が複数と、金属音と、それから……。ソプラノのような高い声を認識したのと、玄関の扉を開いたのはほぼ同時だった。

ぐっと息が詰まったような気がしたけど、今更引き返すこともできなくて、扉の陰から様子を窺う。

――と、四〇三号室の前にぐったり寄り掛かるナオくんの姿が見えた。

その周りには男の人が三人と、ナオくんの傍《そば》に座り込んで心配そうに顔を覗き込む女の人が一人。

ドアの音で私の存在に気付いたのか、そのうちの一人の男の人がこちらを向いた。ナオくんに負けず劣らず、がっちりした体格の人。髪はちょっとふわふわで、優しそうな雰囲気だ。

「すみません、うるさかったですよね」

その人がこっちに向かって軽く頭を下げて、他の人も私が顔を出していることに気付いたらしい。一斉に視線が向けられて、慌てて首を振った。

「どうしたんですか、ナ……真木さん」

制服姿の私が、友達らしき人たちの前で親しげに呼んだらマズいかと思って、慌てて言い直した。ＪＫがどうとか言ってたし、何より、何もなければただの隣人だったはずの私たちだ。

「酔い潰れてるだけなんで適当に転がしとけば大丈夫です。……けど、コイツの家の鍵が見当たらなくて」

「ダメだ、やっぱりねぇな」

女の人とは反対側の傍にしゃがみ込んでいた男の人が顔を上げる。その手元には、メンズブランドのロゴがあしらわれた黒くて小さいトートバッグ。たぶん、ナオくんのやつだろうな。

酔い潰れたナオくんをみんなで送ってきたけど、鞄の中に鍵がないみたいだ。

「……ちょっと待っててください」

お手上げ状態の彼らに言い置いて、四〇四号室に戻る。靴箱の上のカゴの中からキーケースを取り出して、二つついた鍵のうち、一つを外す。もちろんお隣の……四〇三号室のやつだ。

「これ、真木さんの家の鍵じゃないですか？」

ナオくんたちの元へ戻って鍵を差し出すと、彼らは全員目を丸くして私を見た。

そりゃそうだ。お隣さんの女子高生が鍵を持っているなんて、普通はありえない。

だから、咄嗟《とっさ》に考えついた嘘をつく。

「さっき、真木さんの家の前に落ちてたのを拾ったんです。管理人室閉まってたし、直接渡した方が早いかと思って」

どうぞ、と一番近くにいた男性に鍵を手渡す。

ナオくんの鍵がなくなっちゃったことは心配だけど、ひとまず中には入れるだろうから酔いが醒《さ》めたら対処すればいい。

軽く会釈をして部屋に戻ろうと思った時、私が出てきてからずっと閉じられていたナオくんの目が僅かに開いた。

「あれ……なんでＪＫいんの……」

「バカ、お前が落とした鍵拾ってくれてたんだよ！　えーと……」

「あ、御山茜です」

語尾を濁《にご》したのと同時に視線を向けられ、慌てて名乗る。

「御山さん。お隣さんだろ」

「みや……ま……」

虚《うつ》ろな目で、私の名字をもごもご口に含むように呟いたナオくん。

いつものように名前で呼ばれなくてよかったって思ったけど、酔っ払ってて、そもそも私って認識してない可能性も大いにあり得るなぁ。

「つーか、弱いくせになんで酒飲んだんだよ。酎《ちゅう》ハイ二杯でこんなんになるヤツ、見たことねぇよ」

ふわふわ頭の男の人が呆れたように息を吐く。その言葉に、今度は私が目を丸くした。

「それだけしか飲んでないのに、こんなになってるんですか？」

「あはは、やっぱそう思うよね。こんなナリして、すっごい下戸《げこ》なんだよ」

「度数弱めの酎ハイ一本が限度のくせして、二杯目頼むとかアホだろコイツ」

片膝立てたナオくんの足を足蹴《あしげ》にして、一人の男の人が笑う。

確かにナオくんがお酒飲んでるイメージなかったけど、そんなに弱いの……？

初めて知る一面に思わずぽかんとしたけれど、ハッとして顔を上げる。真帆と近藤を残して出てきたんだった。

「じゃあ、私はこれで」

「あ、うん。ありがとう、助かりました」

「いえ。失礼します」

ナオくん達に背を向け、一歩を踏み出そうとしたところで、四〇四号室――うちの扉が開いた。

え……？　びっくりして足を止めると、黒い扉から陰が現れた。

「近藤。どうしたの？」

「なかなか戻ってこないから気になって。……大丈夫か？」

近藤の焦点が、私の背後に移された。大人数人を相手に友達がなかなか戻ってこなかったら心配するよね。

「うん、大丈夫みたい。私も今戻ろうと思ってたとこ」

「そ？　ならいいけど」

戻ろ、と廊下に出てきた近藤の背中を軽く押す。と、背後で「いいなぁ」と声が上がった。

「青春だなぁ、高校生カップル」

「戻りてー」

背後で、何やら盛大な誤解が生まれている。まぁ確かに、こんな時間に家から同世代の異性が出てきたら、そういう風に取られてもおかしくないか……。

そんなんじゃないんだけどなぁと思いつつ、あえて否定する必要もないのでスルーしておく。

四〇三号室の方に向かって軽く頭を下げ、再び顔を上げたとき——ぐったりしていたナオくんの視線が、私の瞳に飛び込んできた。

「……っ」

弾かれるように玄関に飛び込んで、勢いのまま鍵までかける。音に驚いたのか、先に靴を脱いで上《あ》がり框《がまち》にのぼっていた近藤が振り返った。

「ビビった。どうした？」

「な……なんでもない」

明かりの消えた廊下は薄暗くて、お互いの顔はよく見えない。

見えなくてよかった。だって、自分でも今どんな顔してるかわかんない。

一瞬にして駆け足になった心臓の音が、私の頭のてっぺんからつま先までを支配していく。

気怠げなまぶたの奥の、射抜くような視線。虚ろなのに、鋭い眼光。ナオくんのあんな顔、初めて見た。

近藤とも、学校にいる男子の誰とも違う。

普段ふざけてばかりだから忘れてた。

ナオくんはちゃんと、大人の男の人なんだ……。

怪シイ関係

翌日、ポケットの中でスマホが震えた。画面を見ると、通知はナオくんから。

【迷惑かけたみたいで、悪かった】

いつもと同じ、短いメッセージ。必要最低限の単語しか並べない人だってことは、もう知っている。

【覚えてないの？】

【まったく】

ということは、私のことは昨日いた誰かから聞いたんだろう。

【昨日行った居酒屋に電話したら、キーケースごと落ちてたって】

【見つかったんだ。よかったね】

【明日、仕事終わったら取りに行ってくる。茜の鍵と礼は、次会う時に】

ナオくんのメッセージにスタンプを返す。会話が一段落してふーっと息を吐きつつ目を閉じると、昨晩のナオくんの姿が思い起こされた。

ぐったりしてたくせに、見たこともないような顔をしたナオくん。

喜怒哀楽のどれにも当てはまらないようなあの表情が、頭にこびりついて離れなかった。

地獄のテスト期間を乗り切り、無事に冬休みに突入した頃。

「あれ、ピアスあいてる」

ハンバーグのリクエストがあり訪れていたナオくんの家で、ソファに座ってテレビを見る彼の耳にピアスホールを発見した。

「あー、まぁ。よく気付いたな」

「チラッと見えた。普段、ピアスつけてないよね?」

「うん。多分もう持ってない」

視線をテレビに向けたまま、気怠そうに答える。反対側も見てみたけど、あいてるのは左耳だけみたいだ。

「つけたりしないの？」

「あぁ。仕事でつけらんねぇし、つけんのも邪魔くせーし。ま、若気《わかげ》の至《いた》りってヤツだ」

「ふぅん。塞がったりしないんだね」

「俺も気にしたことなかったけど……何年もつけてないのに残ってるってことは、もう塞がんねーんだろうな」

へぇ、そういうものなんだ。

「私も興味はあるけど、校則で禁止されてるからなぁ……」

「俺が通ってた学校も禁止だったぞ」

ここで初めてナオくんが振り向く。端正な顔が思いのほか近くに来て、反射的に一歩引いた。

「校則違反なのにあけてたの？」

「……まぁ。高校であけてるやつなんか、大抵そうだろ」

「わかんないよ。私の周りにいないもん」

真帆も近藤もあいてないし、他の友達もあいてない……と思う。

「へぇ。イマドキの高校生はマジメだな」

「今時っていうか、学校の特色じゃない？」

うちの学校は、レベルとしては真ん中よりちょっとだけ上くらい。

特別頭がいいわけじゃないけど、ヤンチャな生徒はほとんどいないし、校風としては結構ちゃんとしてると思う。

お兄ちゃんが通ってた高校なんかは県内でも有数の進学校だったし、私立だったから余計に校則が厳しかったような気がする。

私と同じく色素が薄かったお兄ちゃんは、頭髪検査でよく引っかかるって嘆《なげ》いてたっけ。

「ナオくんって、どこの高校行ってたの？　このあたり？」

「……唐突だな」

「そんなことないでしょ。今めっちゃ前フリあったじゃん」

床に置いたフローリングワイパーを拾い上げて、掃除を再開する。

「ナオくんのこと、あまりに知らなすぎるしさぁ」

「そんなことねぇだろ」

「あるよ。ナオくん、自分のこと全然話さないじゃん」

職業だって、あの時テレビ中継を見ていなければ今も知らないままだったかもしれない。

「そんなに俺のこと知りたいのか？」

イジワルな笑みを浮かべて、ナオくんは私を見た。

間違いではないのかもしれないけれど……改めてそう言われると、素直に頷くのはなんか悔しい。

「そんなんじゃないもん」

「強がるなって。そうだ、スリーサイズでも教えてやろうか？」

「ぎゃっ！　いらないんですけどっ」

「まぁまぁ遠慮すんなって。そうだな、胸囲から……」

「やだ、ほんとに聞きたくないっ！」

何が悲しくて成人男性のスリーサイズなんか聞かなきゃならないの！　耳を塞いで音を遮断《しゃだん》する私を見て、ナオくんはおかしそうに笑う。

と、ここでズボンの後ろポケットに突っ込んでいたスマホが震えた。スマホを取り出すと、お父さんからの着信だった。

「どーぞ」

断りを入れる前にナオくんがそう言ってくれたので、通話ボタンを押しつつリビングを出る。

「もしもし」

『もしもし。元気か？』

「うん、元気だよ。お父さんたちは？」

『俺は元気だ。お母さんはもっと元気にしてるぞ』

電話の向こうで笑うお父さんに、私も喉を鳴らす。

「それで？　今日はどうしたの？」

『あぁ、もうすぐクリスマスだろう。今から用意するんじゃ二十五日を過ぎると思うけど、プレゼントの希望を聞いておこうと思って』

なるほど、出勤前の忙しいはずの時間帯に電話してきたのはそれが理由か。年末年始も帰ってこれないみたいだから、気にしてくれてるんだろうなぁ。

自分の中で合点《がてん》がいって、電話越しに見えてないことはわかっていながらも口角を上げる。

「なんにもいらないよ？　一人暮らし始める時に、色んなもの買ってもらったし」

『何言ってるんだ。それとこれとは話が別だ』

「でも、一人暮らししたいって無理聞いてもらったしさ。あの時色んなもの揃《そろ》えてもらったから、今ほんとに欲しいものないんだよね」

服はあればあるほど楽しめるし、最低限のコスメもほしい。学校で使ってるペンケースにもそろそろ飽《あ》きてきたし、なんなら消しゴムもう小さい。

欲しいものなんて、挙げてしまえばキリがない。

「代わりに、お母さんとディナーでも行ってきてよ。私、その写真がほしいな」

お父さんは少しの沈黙の後、静かに私の名前を呼んだ。

『遠慮してるならそんなものは必要ないぞ』

「何言ってんの。親相手に遠慮なんかしてないって」

『だが……』

「ほんとに大丈夫だから！　クリスマス当日は、買ってもらったオーブンレンジでケーキでも焼くよ」

ね、と押すと、お父さんはもう何も言わなかった。通話終了を知らせる無機質な音が、暗い廊下に静かに響く。

ふうっと息を吐いた時、ガチャッと背後の扉が音を立てて、肩が跳ねた。

「びっくりしたー……」

廊下に出てきて、どうしたんだろ？

顔を覗き込むと、ナオくんは眉間に皺を寄せていた。

「なんでそんな気ィ遣ってんの？」

脈絡《みゃくらく》なく言われて、それでもその言葉は私をチクリと刺《さ》した。そのことを認めながら、踏み込まれたくないからまた笑顔を貼り付ける。

「ナオくんってば、何言ってんの！　私が気ィ遣うようなタイプじゃないって、もう知ってるでしょ？」

けど、ナオくんは私をまっすぐに見たまま、深く息を吐いた。

「普段はまったく気遣わねぇわりに、肝心な時に強がるやつだってことは、もう知ってる」

リビングの光が、暗い廊下に漏れている。逆光の中ナオくんの瞳は静かに輝いていて、そこに映る私は、きっと情けない顔をしているんだろう。

引っ越してきてすぐの頃。大ポカをやってしまった私に、この人は文句を言いながらも、手を差し伸べてくれた。私の強がりを見抜いた。

なんなの。なんなんだよもう。普段テキトーなくせに、こういう時に真剣な顔するのは……ずるいよ。

「べつに……気遣ってるつもりはないんだよ、ほんとに。お父さんたちはいつも私のこと気にかけてくれるし、大事にしてくれるもん」

遠く離れた地にいても、お父さんたちは惜しみない愛情を私に向けてくれている。

「ただ私が、自分の足で立っていられる人間になりたいって気負ってるだけ」

ナオくんが怪訝そうに首を傾げた。

そうだよね。意味わかんないよね。

「前に言ったでしょ。小学生の時、お兄ちゃんが死んじゃったって」

「……………」

「その時にね、決めたの。お父さんとお母さんには、無駄な心配かけないって。いっぱい……それこそ一生分くらい泣いたから、もう泣かないでいようって」

ナオくんは変わらず眉を寄せて、しかし静かに私の言葉を聞いていた。

「お兄ちゃんの分まで私がしっかりしなきゃって、あの時、子どもながらにそう思ったんだよね」

お兄ちゃんみたいに強くなりたい。お兄ちゃんみたいに、まっすぐに前を向ける人間になりたい。

お兄ちゃんがいなくなって、私たち家族にはぽっかりと大きな穴が空いた。その穴を少しでも埋めるために、甘えてばかりだった〝妹〟の私はもういらない。

「心配してくれてありがとう。でも、強がってるわけじゃないから大丈夫だよ」

なるべく淡々と答えた。頬の筋肉を引き上げようとして、

「ったくお前は……」

「は、はにひゅんのっ」

ナオくんの大きな右手で両頬を挟まれた。

「ははっ、変な顔」

「変な顔にしてる本人がよく言う！」

両手でようやく振り解いて、キッとナオくんを睨みつけてやる。

「不用意に女子高生に触っちゃいけないんじゃなかったの？」

「あぁ、そうだった。お前があまりにブサイクな顔しそうだったから、思わず手が出ちまった」

「ちょっと。笑顔がブサイクだって言うわけ？」

そりゃナオくんの好みじゃないだろうけどさぁ。

ムッとした私のおでこを、ナオくんの指が軽く弾いた。

「バーカ。ただの隣人のオッサン相手に、ヘタクソな作り笑顔向けんなっつってんだ」

「え……」

「甘える必要はねーけど、俺にはせめて素でいろよ。最初に言ったろ」

〝ただの隣人のオッサン〟は、ニヤッと笑ってからまたリビングに戻っていった。

弾かれたおでこに手を当てて、反対の手をその大きな背中に伸ばす。

それから——。

「ぐえっ⁉」

ナオくんのパーカーのフードを引っ張ってやった。低いところから引かれて、ナオくんはびっくりしたように体を翻す。

「殺す気か！」

「大袈裟だよ。ちゃんと手加減したじゃん」

パーカーから手を離して、にっこり笑いかける。

「女子高生にブサイクは禁句だってこと、ちゃんと覚えててね？」

「まじかよ。最近のJKこっえーな……」

年頃の女の子にブサイクなんて暴言吐いた罪は重いんだから。

ナオくんの横を通り過ぎて、リビングに戻る。二、三歩出たところで、少しだけ振り返った。

「……ありがとね」

気恥ずかしくて、顔は見れなかった。

スナオってやつは、どうも得意じゃない。可愛げなくても、どうか大目に見てほしい。

「どーいたしまして」

ナオくんは得意げにそう言って、私の頭をくしゃっと掻き乱した。

マグカップを手にキッチンへと向かうナオくんの背中をまっすぐに見つめる。

悔しいけど、広い。

この大きな背中は、一体どれほどの人を救ってきたんだろう。どれほどのものを背負っているんだろう。

どうして――消防士になろうと思ったんだろう？

考えれば考えるほど、私はこの人のことを何も知らない。

ほんの片鱗《へんりん》しか見せてくれないこの人のことを、少しだけ、知りたいと思った。

豚の角煮を初めて作ってみたら思いのほか上手に出来たので、お隣さんに連絡してみたら返事はすぐに来た。

【持ってきて】

端的な返答に苦笑しつつ、お鍋を片手に四〇三号室を訪ねた。

迷いなくキッチンに足を踏み入れ、持参したお鍋をコンロに置く。

「もしかして寝てた？」

「や、さっき起きたとこ」

キッチンに水を取りに来たナオくんが横から鍋を覗き込みながら答える。

「当番の時はいつでも出場出来るように活動服のまま仮眠とるんだけど、やっぱ気ィ張ってるからそんな寝た気がしねぇんだよな」

「そっか、二十四時間勤務なんだもんね」

「そう。朝帰ってきて、シャワー浴びて洗濯物とか干してるうちに眠くなってきて、結局昼過ぎとか夕方まで寝るんだよ」

なるほど。だから、いつも非番の日に会う時は寝癖がついてるんだ。今日だって、左後ろの髪が少しだけご機嫌斜め。

「昼間に買い物行ったりしないの？」

「まぁ、たまに。千秋《ちあき》に連れ出されたりするし」

「チアキ？」

突然話題に出てきた名前に、ぴくりと眉が反応する。と、そんな私を見てナオくんが首を傾げた。

「あれ、茜も会ったことあるだろ？　ほら、俺が酔い潰れて鍵失くした時にいた、髪の毛ふわふわのやつ」

ヒントを元に記憶を呼び起こし、特徴に当てはまる人物を思い浮かべる。

あの時、あの場にいた物腰の柔らかい男の人。朗らかな雰囲気とは裏腹に、結構筋肉質な人だった記憶がある。

「名前、知らなかった」

「本郷《ほんごう》千秋。アイツ、俺の同期で同じ班なんだよ」

「あの場にいた人はみんな消防士？」

「あぁ、男はな。残りの二人はどっちも同じ班の先輩で、一緒にいた女の子は千秋の彼女」

へぇ、そうだったんだ。確かに、みんな体格よかったもんなぁ。

——ピーンポーン……。

会話が途切れたタイミングで鳴り響いたチャイム音。宅配か何かかとナオくんがインターホンを覗き込み、

「げっ」

大きな声をあげてインターホンのモニターから飛び退いた。普段のナオくんからは想像もつかないような声に、思わず肩が跳ねた。

「どうしたの?」

「バカ、見るな……!」

キッチンを飛び出してモニターを覗き込もうとすると、焦った様子のナオくんがモニターを隠そうと手をかざした。だけど、数瞬遅く、指の隙間から見えてしまう。

大人っぽい……綺麗な女の人の姿。

ナオくんはこめかみに汗を浮かべたまま、応答ボタンを押そうとしない。そうこうしてるうちに、再びチャイム音が鳴り響いた。

「……出ないの?」

「いや……」

歯切れが悪い。視線も行ったり来たり。

「って、うわっ」

ナオくんが再び声を上げるから、何かと思って再度モニターを覗けば、エントランスのロックを解除していないのに女の人が中に入ろうとしていた。

エレベーターに向かう姿が見切れるのと同時に、エントランスの中から別の人が現れたから……なるほど、マンションの住人が外に出ようとロックを開けたのね。

「やべぇ、来る」

多分意識の外で吐かれた言葉とナオくんの狼狽えぶりに、何となく予想がつく。今の人はきっと、過去にナオくんと何かがあった人だ。

「私帰ろうか？」

コドモとは言え、私がいたらややこしいだろうし。そう思って聞くも、ナオくんは焦点を床に定めたまま、頭《かぶり》を振った。

「今出たら鉢合わせるかもしれねぇ。それより居留守……いや、今日どこも行かねぇってさっき連絡来た時に言ったわ」

「なんでそこだけ冷静に振り返ってんの！」

私が焦る必要はないはずなのに、あの女の人がこの四〇三号室に向かってきている事実が、無意味に私を急《せ》かす。当のナオくんも、遂に頭を抱えてしまった。

「寝てるフリしても起きるまでチャイム鳴らすだろうしなぁ。……玄関で追い返すしかねぇか」

「素直に帰るような人？」

「いや、俺の言うことなんかまったく聞かねぇヒト」

「えぇぇ……。やっぱり私、今からでも帰った方が」

「ベランダ伝うか？　一応聞くけど、それなんてハリウッド映画？」

「もう、こんな時にふざけないで」

不意に落ちた沈黙を切り裂くように、再びチャイム音が鳴り響いた。ピシッと動きを止めたナオくんは、深いため息をついて廊下へと続く扉を見つめた。

「出たくねぇ」

「そんなこと言ったって、居留守はバレちゃうんでしょ？」

「……行ってくる」

いつも以上に覇気《はき》のない様子でナオくんが玄関へと歩いていく。ナオくんがこんな風になるなんて、一体どんな女《ひと》なんだろう……。

扉の向こうで鍵が開く音がして。

「起きてんだったら応答しなさいよバカ直也！」

刹那《せつな》、女の人の高い声が四〇三号室に響き渡った。扉で隔《へだ》たれているにもかかわらず、大きな声はダイレクトに鼓膜を震わせる。

あまりの声量にびっくりして、思わず慄《おのの》いてしまった。

「いきなり来てデカい声出してんじゃねーよ、近所迷惑だろ！」

「うるさいわねぇ、この私がわざわざ来てあげたっていうのに」

「頼んでねーし、いきなり来るのやめろって何回も言ってんだろ」

近所迷惑だと言いつつ、ナオくんの声もそこそこ大きい。初めて聞くナオくんの遠慮ない物言いに、思わず聞き耳を立ててしまう。

「何しに来たんだよ、まさか俺の顔見に来たわけじゃないだろ？」

「まさか！　愚痴《ぐち》ぶちまけに来たの。お酒持ってきたから飲みながら聞きなさいよ」

「あっ、おい勝手に上がるな……！」

シュラバにしてはなんだか様子がおかしいなぁなんて思っていると、ナオくんの声がやけに大きく聞こえて、気付いた時には、リビングに勢いよく飛び込んできた女の人と目が合っていた。

「……え？」

目線が絡んで、女の人もまた動きを止めた。ダークブラウンの真っ直ぐな髪が、ロングコートの裾《すそ》と一緒に揺れている。

予想外の展開に息をすることも忘れそうになったところに、ナオくんが長い息を吐きながらリビングに戻ってきた。

「あーあ。結局こうなるんだよな……」

「ちょっと直也……。あんたまさか、こんな若い子にまで手ェ出して、」

「出してねぇ、ただのオトナリサンだ。いきなり押しかけてくるなって何回も言ってるだろ——京香《きょうか》」

京香と呼ばれたその人にまた視線を向けられて、私は弾かれたように四肢《しし》の動かし方を思い出し、慌てて頭を下げる。

「隣に住んでる御山茜です。あの、決して真木さんとはそういう関係では——」

空気が動く気配がして顔を上げると、京香さんは大きな目を更に大きく見開いて私を見ていた。赤い紅が引かれた彼女の口が開こうとするのを、先回りしたナオくんが手で制す。

「話は外で聞く。お望みどおり飲みながら、なんなら朝まで付き合ってやるから」

「ナオくんお酒弱いのに？」

「あぁそうだった……って、おい。今はそういう話じゃねぇだろ」

横やりを入れた私に、ナオくんは力が抜けるようにガクッと肩を落とす。瞬間、ガラスが軽快にぶつかり合うような笑い声がリビングに響いた。

「あははっ、面白い子だね茜ちゃん！」

綺麗な顔が遠慮なくしわくちゃになるのを前に、困惑した私はナオくんに視線を投げた。

「高倉《たかくら》京香。一応、高校の時の先輩」

「ちょっと直也、一応って何よう」

ナオくんを押し除けて、京香さんが手を差し出してくれる。

冬らしいボルドーのネイルが施《ほどこ》された指先に、思わず見惚《みと》れそうになって慌てて私も手を出した。

高校の先輩って、本当にそれだけなのかなぁ。本人たちはもう大人だからそう言ってるだけで、本当は過去に何かあったりしないのかな。

きゅっと手を握った京香さんの背後から、ナオくんがジトっとした目で顔を覗かせる。

「ったく、その様子じゃまたダメ男に引っ掛かったのか……」

「……え？」

「俺のとこに酒持って乗り込んでくる時は、大抵男絡みだからな。アタリだろ？」

話を振られて、京香さんは悔しそうに唇を噛みながら小さく頷いた。

「あの男……昨日はクリスマスだってのに、別の女とディナーしてた」

クリスマスに、他のヒトと。なんという修羅場《しゅらば》……。

うるうる揺れる涙を瞳いっぱいに溜めて、グイッと顔が寄せられる。

「ここで出会ったのも何かの縁よ。茜ちゃん、直也と一緒にヤケ酒に付き合ってくれない？」

「バカ、何言ってんだ！　茜はまだ未成年だ！」

「え、そうなの？　じゃあ直也、茜ちゃんのジュース買って来なさいよ」

「無茶言うな。さてはお前、既に酒入ってんだろ」

ナオくんの問いかけに、京香さんは何も言わずに笑みだけで答えた。今初めて会った私でもわかる。答えはイエスだ。

「俺ら今からメシ食うんだよ。話、後日じゃダメなのか？」

「嫌よ。明日も明後日も仕事だし、愚痴を来年に持ち越したくないじゃない。それに、茜ちゃんと喋りたい」

「完全に目的がそっちになってんじゃねーか……」

先輩には敵《かな》わないのか、諦めた様子で頭の後ろをポリポリと掻くナオくん。彼はベランダの外に視線を向けてから、私に向き直った。

「……茜。金渡すから、近くのコンビニかスーパーでジュース買ってこい。スイーツとかも好きなだけ買っていい。悪いけど、付き合ってやってくれ」

「それはいいけど、私、お水で大丈夫だよ？　ご飯も、副菜作ってないし……」

「いいから。メシは俺がやっとく」

「俺がって、出来るの？」

「出来るよ。やらねーだけで」

机の上に置いていた二つ折りのお財布の中から、千円札が二枚抜かれる。

「その間に、大人同士でしか出来ない話しとくから」

「と言いますと？」

「聞きたいか？」

コドモ扱いが悔しくて聞き返した私に、ナオくんがニヤリと悪い笑みを向けた。

悔しいけど、それで怯《ひる》んでしまう私はまだコドモだ。

「いらないしっ！　行ってきます！」

ナオくんの手からお金を受け取って、私は慌ただしく四〇三号室を飛び出した。

十二月の夜は一段と冷える。いくらダウンがあったかいからといって、長時間外にいるのは嫌だ。

「早く帰ってこよっと」

マンションの敷地を出てぽつりと呟いた声は、一緒に吐き出した白い息と共に、群青色《ぐんじょういろ》に染まりかけた空へと消えていく。

「ただいま戻りましたー」

リビングの扉を勢いよく開けると、エアコンで暖まった部屋の空気がじんわりと私を包んでくれた。

「おかえり、茜ちゃん！　寒かったでしょう」

「それはもう。かなり重労働だったんで、普段高くてなかなか手が出ないコンビニスイーツ買ってきました」

「人の金だと思って」

苦笑いするナオくんに、買ってきたスイーツを見せびらかす。

「先に飯だろ。もう準備してあるから、早く手洗ってこい」

「準備って……」

ナオくんの体越しにテーブルを覗き込む。私が持ってきた角煮にご飯。それから、白菜の和え物が小鉢に入れられて並べられていた。

「ほんとに料理出来るんだ……」

「新人の時は署でみんなの分の飯作ってたし、ある程度はな」

だったらなんでいつもカップラーメンばっかりなの。そう思ったけど、面倒くさがりのナオくんのことだ、おおよその見当はつくので聞かないでおいた。

二人で食べるご飯は、一人の時よりもずっと美味しい。三人で囲んだ食卓も、いつもとまた違った空気で楽しかった。

それこそ、ご飯を食べ終えて私がジュース、二人がお酒を飲んでいる時も。

「お二人は、付き合ったりしてなかったんですか？」

「私らが？　ないない！　世界に男がたった一人になったとしてもないね！」

「それはこっちのセリフだっつーの」

ゲラゲラ笑い転げる京香さんの手元には茶色いお酒が入ったグラス、ナオくんの前には度数弱めの缶酎ハイが置かれていて、二人とも程よくアルコールが回っているようだった。

序盤《じょばん》とは違ってナオくんはリラックスしているようで、私も変に気を遣わずにいられた。誰かがふざけて、誰かがツッコんで、誰もが笑って。終始、笑いの絶えない時間だったと思う。

楽しい気分の傍《かたわ》らで、ふと蘇《よみがえ》る。

ジュースを買いに、コンビニに走った後。四〇三号室に帰ってきた私は、玄関を開けた途端に広がっていたあまりに静かな空気に、思わず息を呑んだ。リビングから漏れ出る光に影を潜め、入っていいものかと決めあぐねている時に聞こえてきた、京香さんの声。

「これだけの人を救っても、あんたはまだ自分を許さないのね」

——あの言葉は、どういう意味だったんだろう?

叶ワナイ約束

放課後、机の上に置いていたスマホが短く震えた。

【もんじゃ食いたい】

短い文章に、感想のような文面。こんなメッセージを送ってくるのは、一人しかいない。

【なんでいきなり？】

既読はすぐについた。

【夕方のニュースで特集やってた】

【映像見ちゃったら食べたくなるよね】

【完全にもんじゃの口になった。食いに行こう】

ナオくんと一緒に外食したことはない。いつも家だし、新鮮でいいかもと思うけど……。

【私、まだ学校だよ】

時刻は十八時前。いつもならとっくに家に帰り着いている頃だけど、今日は、もうすぐ行われる実力テストに備えて真帆たちと居残り勉強をしていた。

どうしよう、と思っていたところに、またメッセージが入る。

【車で迎えに行く。何時でもいいから、学校出る頃連絡して】

届いたメッセージを二度見した。それでも足りなくて、目を擦ったけど、やっぱり幻《まぼろし》じゃなかった。

なんと！　あの面倒くさがり屋のナオくんが迎えに来てくれるとは！

「どうしたの茜、ニヤニヤして」

「えっ」

思わず緩んでいたらしい口元を、とっさに隠す。と、真帆が目ざとく切り込んできた。

「なになに、何があったの？」

「あ、いや……」

なんでもないよってかわそうとしても、真帆の目は誤魔化《ごまか》されてくれないだろうなぁ。

「……車で迎えに来てくれるんだって」

「誰が？」

「……例の、お隣さん」

私が言うと、真帆の目がキラーンと光った。会いたい！とその目が言っている。

真帆には、二人の時にナオくんのことを少しだけ話したことがあった。その時も興味津々に食いついてきたっけ。

「お隣さんって、この前の？」

近藤に聞かれて思い出す。

そうだ、近藤はナオくんのこと見たことあったんだった。

「あの時座り込んでた人だろ？　大丈夫なのか？」

心配そうな視線を向けられて、苦笑いを口元に浮かべる。

「なんか、壊滅的にお酒弱いらしいんだよね……。普段は最低限ちゃんとしてる人だから、大丈夫だよ」

「そっか。それならいいけど」

ホッとした様子の近藤と、完全に集中力が切れたらしい真帆。今日の居残り勉強はどうやらここまでになりそうだ。

ナオくんに【終わったよ】とだけ連絡を入れて、私も教材を片付ける。

「あーあ。実力テストってやる気出ねぇなぁ」

他に人影のない廊下を、上靴をぺたぺた鳴らしながら歩く。近藤が力なく言い、私も真帆も大きく頷く。

「定期テストとは違って成績に入らないから余計やる気出ないよね」

「上位者にはご褒美《ほうび》があるとかなら、少しはやる気も出るんだけどなぁ」

ご褒美。確かに、あるのとないのとではモチベーションも違うよね。

別に欲しいものがあるわけじゃないけど……。

何となくその四文字が頭の中をぐるぐる渦巻《うずま》いているうちに、昇降口に行き着く。

校門を抜けると、向かい側の道路に見覚えのある車が停《と》まっていた。

「ナオくん」

二人の手前、少し迷ってから、結局いつもの呼び方で呼んだ。

「おう、お疲れ」

私の存在に気付いて、黒いダウンジャケットを着たナオくんがパッと顔を上げた。

ぼんやりと道路を照らす街頭の下で、彼の目が私の後ろにいる二人を捉える。

「えっと……？」

「わ、ほんとにイケメンだ」

ナオくんの表情に困惑が浮かんで、どう説明しようかと思っているうちに、半歩後ろにいる真帆が黄色い声をあげた。

「ちょ、ちょっと真帆……！」

「あ。私たち、茜の友達です。前からお会いしてみたかったんですよ、お隣さんがイケメンだって茜が言うから～」

制止は叶わず、真帆の声はしっかりとナオくんに届いてしまった。

さ、最悪……！

錆《さ》びたブリキ並みに鈍《にぶ》い動きでナオくんの方を向く……と、予想通りニヤニヤ笑ってる。

「へぇ、そんなこと言ってたんだ」

「顔だけは悪くないって言ったんだよ」

「中身も伴《ともな》ってるだろ？」

「よく言う！」

私達の掛け合いを真帆と近藤が口元を緩ませながら見ているのがわかって、私はナオくんの背中を両手で押した。

「もういいから、行くよ！　じゃあね、二人とも！」

逃げるように助手席に乗り込んだ私に、ナオくんがクッと喉を鳴らした。

「はいはい。じゃあ行くぞ」

車がゆっくりと加速して、みんなの影が夜の闇に消えていく。学校から、家とは逆の方向にもんじゃのお店はあるらしい。

「ねぇ、一つワガママ言ってもいい？」

ヘラで作った土手の中で生地がふつふつと沸き立つ様子を眺めながら、ぽつりと言ってみる。何でもないことのように言ったのは、何でもないことのように言わなきゃ口にすら出来ないような気がしたからだ。

「俺が聞ける範囲ならな」

ヘラで土手を崩しながら応えたナオくんに視線を投げた。同じタイミングで顔を上げたナオくんと視線がぶつかる。

「あのね、今度テストがあるの」

「へぇ。定期試験？」

「ううん、実力テスト。成績に関係ないから、あんまりやる気出なくて」

白く立ち昇る煙の向こうで、ナオくんが膝をついて私の言葉を待っていた。

「だからね、もし成績上位に入れたら、ご褒美がほしいなって」

テーブル席の足元に広がる暗闇の中で、使い古したローファーを意味もなく踊らせる。

「褒美って……ガキかよ」

「またガキとか言う……」

「ガキだろ」

私をからかいながら、ナオくんは出来上がったもんじゃを口に運ぶ。私も食べようっと。

「で、何が欲しいんだ？」

あつあつのもんじゃを頬張りながら、ナオくんが聞いてくる。私はお皿から顔を上げることなく、答えた。

「それはまだ秘密」

「なんだそれ。知らないと叶えられないだろ」

「結果が出たらちゃんと言うよ。高いもの強請《ねだ》ったりなんてしないから」

次の実力テストで学年十位以内に入れたら。けっして低くない条件で、私達は約束を交わした。


「うーん……」

部屋のど真ん中で頭を抱える私の手元に、湯気の昇るマグカップが置かれた。甘くて少し香ばしい匂いが鼻腔《びこう》をくすぐって、顔を上げると、同じようにマグカップを持ったナオくんが私を見下ろしていた。

「何してんの？ 数学？」

「うん。どうしても苦手なの」

ナオくんが淹れてくれたココアをすすりながら、天敵の名前を口にする。

「高二の数学っつったら、微分積分《びぶんせきぶん》とか複素数平面《ふくそすうへいめん》とか?」

「微分積分はあってるけど……フクソスウヘイメンって、何?」

小難しそうな単語が出てきたことに驚いて、かつそれがナオくんからだったことに余計驚いて、隣を見上げた。

隣の彼は、カップに口をつけたまま首をひねっている。

「あー……あれは三年の内容か。昔のことすぎてよく覚えてねぇや」

低い温度で言いながら、ナオくんが隣から問題集を覗き込んできた。

「激ムズなんだよ、この発展問題」

問題集の設問を指さして言うと、ナオくんは少し考える様子を見せてから顔を上げた。

「なんだ、簡単じゃねぇか。激ムズとか言うから、どんな問題かと思ったわ」

「……え?」

予想外の反応に、素《す》っ頓狂《とんきょう》な声が漏れる。

「まず5の20乗の常用対数を求めるだろ。log10の5の20乗は20log10の5になるから、そのまま……」

「ちょ、ちょ……！　ストップ！」

コーヒーを飲みながら、紙にも書かずスラスラ解いていくナオくんに、つい制止をかけてしまう。するとナオくんは不服そうに、「なんだよ」と言うような目で私を見下ろしてきた。

「ナ、ナオくんって実は数学出来るの……？」

「実はってなんだよ。俺だってギムキョーイク受けて、一応高校も出てんだぞ。これくらい出来たって不思議じゃねーだろ」

「それはそう、だけど……」

でも、現役高校生の私が解けなかった問題を、パッと見ただけでスラスラ解いちゃうなんて……。

「高校の時、理系選択だったの？」

「いや？　ガッツリ文系」

「えぇ……」

ますますナオくんのことがよくわからない。

チャラかったんじゃないの？　ピアス開けたりしちゃってたんでしょ？　この人、一体どんな高校生だったの……。

「高校の話はもういいだろ」

思考が顔に出てたのか、少し煩《わずら》わしそうな様子を見せたナオくんは私から顔を逸らして、またコーヒーを口に含んだ。

高校時代の話は、あんまりしたくない様子。前に話題にのぼった時も、うまくかわされたし……何か、嫌なことでもあるのかな。

「もう一回、この問題の解き方教えてよ」

「やだよ。一回しか言わねぇって言ったじゃん」

「いやいや、聞いてないよ。何平気で嘘ついてんの」

私の知らないナオくんのこと、気になるけど聞けない。ナオくんが話したがらないってことは、ただの隣人である私が踏み込んでいいラインじゃないってことなんだと思うから。

「そんなに教えてほしいか？」

「嫌な予感」

「ナオくん超かっこいいって言ったら教えてやってもいいぞ」

「そうやって言わせるあたりがかっこよくない」

この微妙な距離感をもどかしいと感じてしまうのは、私のワガママなのかな。

「大体ね、そういうのは――」

――プルル……。

私の声を遮《さえぎ》るようにして、どこからか聞こえた着信音。瞬間、ナオくんの目の色が変わった。

スマホを手に取り、真剣な面持ちで電話に出る。その素早さに呆気にとられる私をよそに隣の部屋に駆け込んで、再び戻ってきた時には既にダウンを着ていた。

普段の気怠げな顔じゃなく、いつか見たことのあるような真剣な顔をしている。

「召集かかったから、行ってくる。勉強はまた今度教えてやるから」

いつものメッセージの文面みたいに、必要なことだけを端的に話して、ナオくんは慌ただしく出て行ってしまった。

あまりに一瞬の出来事で、何が起こったのか全然把握《はあく》できない。呆然としているうちに、遥か遠いところでサイレンの音が聞こえた気がした。

私は、非番の日のナオくんしか知らない。いつも気怠げで、フラッと消えたと思ったらベランダでタバコを吸ってて、淹れるコーヒーはブラックで、飲めない私をバカにしたかと思えば、高校生の私と同じテンションで会話をして。

だけど、ナオくんは大人で、社会に出て働いていて、消防士っていう立派な職業に就《つ》いている。

人の命を救うために、危険な現場に身を投じているんだ。

そういう世界にいる人だってこと、ちゃんと知ってたはずなのに……わかってなかった。

「……消防士って、大変なんだな」

一人になった部屋に落とした声は、声量よりも大きく聞こえる。テーブルに広げていた問題集やノートを掻き集めて、私は四〇三号室を出た。

二月上旬。ホームルームの時間に、先生から実力テストの結果を返された。

「え、茜すごいじゃん！」

実力テストは、答案じゃなくて全部の結果がまとめられた用紙が返される。そこに各教科と総合の順位がそれぞれ載ってるんだけど……今回、まさかの総合九位！

「いつにも増して勉強してたもんな、御山」

「あはは、うん。我ながら気合入ってた」

いつもは三十位くらいの私が、これだけ順位を上げられたって、かなり大金星じゃない？

「ナオくんに報告しなくちゃ」

ポケットからスマホを取り出して、メッセージアプリを立ち上げる。

【この前のテスト、九位だった。ご褒美ゲット！】

メッセージを送信し終えて顔を上げると、真帆がニヤニヤと口元を緩めて私を見ていた。

「……何、その顔」

「いやー？　なんか微笑ましいなぁと思って」

「微笑ましいって、何が？」

「〝ナオくん〟って、お隣さんでしょ？　茜がそんなふうに男の人と関わるって、珍しいじゃん」

真帆の言葉に、私は難しい顔をしてしまう。けれど、追い風が吹いたのは真帆の方だった。

「な、俺もそれ思ってた。なんつーか、すげぇ信頼してるんだなって感じ」

「信頼って……私、近藤のことも信頼してますけど」

頑《かたく》なな声で言うと、近藤が破顔《はがん》する。

「それは光栄ですけども。俺への信頼とお隣さんへのそれは、別物だろ？」

核心を衝くような声色《こわいろ》に、一瞬息が詰まる。

どんな言葉を返せばいいのかわからないでいるところに、遠くで聞こえたサイレンの音。その音は少しずつ近付いて、また遠のいていった。

「…………」

ポケットの中のスマホは震えない。きっと、既読だってついてない。

どこかを駆け抜けていった赤い正義に彼が乗っていたかどうかはわからないけれど、もし乗っていたのなら、どうか、無事に帰ってきてほしい。

人のために命を懸けるあの人に、面と向かって伝えたい。

秘密にしてたご褒美の内容も、それを何故あなたに頼むのかも。伝えたらきっと、

「そんなワケあるか」って笑われるんだろうけど。

なんでかな。今、無性にナオくんに会いたいや。


まだ十七時過ぎだと言うのに、一月の空はどうも気が短い。私と同じリズムで動いている濃く長い影をぼんやり眺めながら、私は一人、帰路についていた。

スーパーに寄って帰ろうといつもと違う道を進んでいると、ポケットの中でスマホが震えた。取り出そうとする間も震え続けたスマホには、【真木直也】の四文字。

電話なんて珍しい。どうしたんだろ。

「もしもし」

応答する声が心なしか弾んだのは、もしかするとテスト結果を見て電話をくれたからかもしれないなんて考えたから。だから、

『もしもし、茜ちゃん？　直也の同僚の本郷です』

受話口から聞こえてきたナオくんのものではない声に、かかとのすり減ったローファーが刻んでいた軽い音はピタリと止んで。

電話の向こうにいるのがナオくんだって信じて疑わなかったから、わざわざ名

乗ってくれた人の姿もすぐに思い浮かべることができなかった。

「本郷さんが……どうして？　これ、ナオくんのスマホですよね」

ようやく絞り出した声は啼《な》くように掠れていて、まるで自分のものじゃないみたいだった。

ちょうど帰宅時間の街並みは、西に沈む太陽に照らされて、まるで消防士が身にまとう服みたいにオレンジ色に染まっている。

車の音や小学生の声が聞こえているはずなのに、全部の神経がスマホを当てた右耳に集中して、他の音はなんにも入ってこない。

『あのね、茜ちゃん。落ち着いて聞いて』

そう前置いた本郷さんの声は嫌に鼓膜を刺激して、脳裏に浮かんだお兄ちゃんとナオくんの笑顔が不意に重なった。

やだ、こんな時に、なんで。

『火災現場で直也が怪我をして——近くの病院に緊急搬送された』

わかったつもりだった。

人を助けるために、たとえ火の海だろうと飛び込んでいく人だってこと、理解していたつもりだった。

だけど、世界がぐにゃっと曲がって、何かの拍子にぷつんと電源が切れたみたいに目の前が真っ暗になって、

――私はやっぱり、彼のことを何一つわかってなかったのかな。

言エナイ想い

今でもよく覚えている。

お兄ちゃんが私の前から姿を消したのは、ホワイトデーの前日のことだった。

その日は底冷えする寒さで、天気予報には雪マークがついていた。

大学生だったお兄ちゃんは、バレンタインのお返しにと、朝から近くのお店でケーキを買ってきてくれた。

「明日は予定があるから、一日早くてごめん。その分、今日はいっぱい遊ぼうな」

中学高校とサッカー部に所属していたお兄ちゃんは、大学生になってからも多忙な日々を送っていて、こんな風にゆっくり過ごす時間はとても貴重だった。嬉しかった。

あれもこれもと思いつく限りの遊びを提案し、少しした頃。リビングのテーブルに置かれていたスマホが着信を報《しら》せて、お兄ちゃんは電話に出た。

少し話し込んだ後、電話を切ったお兄ちゃんは、眉をハの字にして、本当に申し訳なさそうにしながら私の頭を撫でた。

「ごめん、茜。兄ちゃん、ちょっと用事出来ちゃったから、出掛けてくる」

「えぇ～！　今日は一緒に遊ぶってやくそくしたのに！」

「ほんとごめん。今度、改めてちゃんと時間作るから」

膨れっ面になった私にお兄ちゃんは少しだけ困った顔をして、それから大きなぬくもりで私を包みこんだ。

「兄ちゃんも茜と遊んでたかったよ。ごめんな」

でも行かなきゃならないんだ。そう言って、お兄ちゃんは私から離れた。

それ以上だだをこねてお兄ちゃんを困らせる気にもなれなくて、私はきゅっと口の端を引き結んだ。

「……ぜったいだよ。やくそくだからね」

「うん。ありがとう」

指切りげんまんを交わして、足早に出て行くお兄ちゃんの背中を見送った十歳の私。

　結局、その約束が果たされることはなかった。

　無機質な白い床が、やけに長く感じた。駆け出したい気持ちをぐっと堪え、冷たいリノリウムの廊下をひたすら早足で進む。

　人けのない廊下の角を曲がったところで、ようやく見知った人の姿を捉えることが出来た。

「茜ちゃん……！」

　足跡で私の存在に気付いたのか、オレンジ色の服を着た人物が私の名前を呼んだ。

　見覚えのあるふわふわ頭……本郷さんだ。

　会うのは二度目なのに、本郷さんの姿を見て張り詰めていた気が少しだけ緩みそうになる。けど、その向こうに見える扉に書かれた【ＨＣＵ】という文字が、これが紛れもない現実だということを私に突きつけた。

「ごめんね、茜ちゃん。急に連絡したりして」

「いえ……。報せてくださって、ありがとうございます。それより、ナオくんは」

「……要救助者を庇《かば》って、倒れてきた家具の下敷きになったんだ。ヘルメットはもちろん被ってたけど、強く頭を打ったみたいで、搬送された時には意識が朦朧《もうろう》としてて」

「そんな……」

本郷さんから聞かされた事実は想像していたよりもずっとリアルで、私は言葉を失ってしまった。

「このHCU……高度治療室っていうんだけど。さっきここに運ばれて、今はまだ、外にいてくれって」

「そう、ですか……」

本郷さんに促されて、廊下に置かれた長椅子に腰を下ろした。ギシ、という音が、静かな廊下にやけに大きく響く。

「……あの。聞いてもいいですか」

「ん？」

少しの沈黙の後、不安を紛らわせるように口を開いた。

「どうして……私に連絡くれたんですか？　普通なら、家族……ナオくんの親とかに報せるはずですよね」

　今この場所には、私たちしかいない。学校の帰り、買い物を放棄して駆けつけた私よりも早くなんて来れないかもしれないけど、家族に連絡を入れたならわざわざ私を呼ぶ必要なんてないはずだ。

　疑問に思ったことを素直に声に乗せると、本郷さんは少し困ったように眉を下げて、頭をかいた。

「ごめん、多分俺もテンパってた。全部はっきりしてから連絡すべきだった」

「あ……いや、そうじゃなくて」

「聞いたことないんだ」

　床に視線を落とした本郷さんが、少し掠れた声でぽつりとこぼした。

「直也とはもう六年の付き合いだけど……あいつの口から、家族の話を聞いたことが一度もない」

「……え？」

　例えばそれが、話題にならなかったとかそういうことなら、本郷さんだってこんな風に神妙な面持ちで話したりしないだろう。

「そういう話になってもアイツは曖昧に答えて済ませるし、そんなんだと俺らも無理に聞けないしで。情けないけど、家族構成の一つも知らないんだよ」

昔の話をあまりしたがらないのは、なんとなく空気で感じてた。だけどそれは、相手が私だからだと思ってた。

まさか、長年の付き合いの本郷さんにも何一つ語っていなかっただなんて。

「でも……だからって、どうして私に？」

隣人で顔見知りだという程度の認識は、ナオくんのピンチを報せる理由としてはあまりに弱い。あの時、私はナオくんのことを〝真木さん〟って呼んだはずだし、特別深い関係には見えなかったはずだ。

私の考えが読めたのか、本郷さんは険しかった表情を少しだけ緩めた。

「鍵だよ」

「え……？」

「直也が酔っ払って鍵を失くした時、家の前で拾ったって言って直也んちの鍵を渡してくれたでしょ？」

首を少し傾げた本郷さんに、私は顎《あご》を引いて返事をする。

「あの時、おかしいと思ったんだよね。普段、鍵は全部キーケースに付けてる直也がさ、家の鍵だけを落とすなんて。直也の鞄の中に鍵の外れたキーケースがあったわけでもないし、これはもしかしてって」

もしかしてって……もしかして、変な勘違いされてる⁉

「あの、別に私たちはそんな、トクベツな関係とかじゃなくて」

トクベツな関係、と口にしたところで、なぜだか胸がキュッとなった。

「引っ越してきたばっかりの時に、私がちょっとやらかしちゃって……その時に、ナオくんが助けてくれて」

「うん」

「ちょっとの間、お世話になって。それが終わってからも、ナオくんの家でたまに一緒にご飯食べる約束をして……いちいち玄関に行くのがめんどくさいって言うから、鍵を渡してくれて」

「ははっ、直也らしい理由だ」

「面倒くさがりにも程があるって感じですよね。でも、だから」

ただ、それだけの関係なんです。語尾に付け足した声は、少し震えた。

四〇三号室で食べるご飯は美味しかった。一人で食べるご飯の味が、霞《かす》んでしまうこともあった。十畳のリビングは、私にとって大きな世界に思えた。

ナオくんと過ごす穏やかでバカみたいなあの時間が、いつの間にか、大切な存在になっていたんだ。

「茜ちゃ――」

「真木直也さんの関係者の方ですか？」

本郷さんの言葉を遮るようにして、第三の声があたりに響いた。いつの間にか地面に落ちていた視線を上げると、白衣を着た女性が立っていた。

「あの、真木は」

本郷さんに一歩詰め寄られても、慣れたことなのか、医師らしき女性は顔色一つ変えずに口を開いた。

「精密検査をしましたが、衝撃による脳内出血も見られませんでしたし、大きな外傷もありませんでした」

「あ……」

「脳震盪《のうしんとう》でしょう。命に別状はありませんよ」

淡々と述べられたナオくんの状態に、本郷さんがホッと息を吐いたのがわかった。

「面会可能ですが、入られますか？」

「あ……はい！」

「ご案内しますね」

先生の後をついていく本郷さんの背中を、慌てて追う。いくつかのベッドを通り過ぎた後、カーテンで仕切られた一画の前で先生は足を止めた。

「ナオ、くん」

ベッドに横たわる彼は、相変わらず悔しいほどに綺麗な顔をしていた。その頬には、大きなガーゼが痛々しく貼られている。

「じきに目を覚まされると思いますよ」

そう言った先生は本郷さんと何やら言葉を交わしたあと、一画を仕切るカーテンを完全に締め切って病室を出ていった。

「大きな怪我もなさそうでよかった……。いっそ腹立つくらい穏やかに眠ってるね、直也のやつ」

「……はい」

「……俺、先に職場に連絡入れてくるね。状況わかったら報告しろって上司に言われてるから」

そう言い置いて、本郷さんはカーテンの向こうに姿を消した。

恐る恐る足を踏み出して、ナオくんの顔を覗き込む。

ガーゼ以外は、いつも通りのナオくんだ。だけど、そのガーゼがやけに目についた。

「ナオくん……」

かけられた布団から伸びたナオくんの手に、自分の手をそっと重ねてみる。

大きくて硬《かた》い手は、ちゃんとあったかい。

あの時とは違う。ナオくんは、ここに、ちゃんと、存在してる。頭ではそう、わかるのに……。

「……っ」

ぐっと唇を噛んだ。そうしないと、溢れそうになる涙を堪えられなかった。

「やくそくなんて、しなきゃよかった……っ」

ナオくんとだって……お兄ちゃんとだって。

こんな思いをするくらいなら、多くなんて願わなかったのに。震える指先を誤魔化しきれなくてぎゅっと目を閉じた時、

「……か、ね……？」

今にも消えてしまいそうなほどか細い声が、鼓膜を優しく震わせた。

「なお、くん……？」

目を開けて顔を上げると、きっとすごく情けない顔をした私を、ナオくんの黒い瞳が朧《おぼろ》げに映していた。

「なん、で……」

「ほ、本郷さんに連絡もらって」

「あぁ……そうか、おれ……」

ナオくんの視線が宙を彷徨《さまよ》う。少し間を置いてから、彼は再び私に視線を向けた。

「……ったく……なんでそんなブサイクなカオしてんだよ」

「ブ、ブサイクって……！」

「あ、やべ……。これ……ＪＫには禁句なんだっけ」

ナオくんが、力ない笑みを浮かべる。普段から気怠げなナオくんの覇気が、いつ

も以上に感じられない。

だけど、紛れもなく、ナオくんだった。

「でも、その我慢したよーなカオ……やっぱり、ブサイクだぞ」

言葉とは裏腹に、ナオくんがあんまり優しく私を見上げるから、かろうじて涙を堰き止めていた防波堤が決壊した。

「っだから！　ブサイクってゆーな……っ」

ナオくんの姿が一気に滲んで、ほっぺたを雫《しずく》が伝っていく。

「すっごく心配したのに……起きたと思ったらブサイクブサイクって、ほんと信じらんない……っ」

「ははっ……悪かったな、俺、こんなんで。それから……心配かけて」

ほんとだよ。笑い事じゃないよ。

本郷さんから連絡をもらった時、本当に心臓止まるかと思ったんだから。ここに来るまでの間も、心配と不安で押し潰されそうだったんだから。

「ナオくんのばか……っ」

こうやって言葉を交わして、ようやく安心できた。無事だって聞いても、視線がぶつからなきゃ不安なままだった。

わかってる。ナオくんはきっと、簡単にいなくなったりしない。

わかってるんだよ。ナオくんは、お兄ちゃんとは違うってことも。

だって、お兄ちゃんに対してこんなに心が振れることはなかった。こんなに、相手の瞳に自分が映るだけで幸せだなんて思うことはなかった。

多くを願ったらロクなことないって、わかってるけど。

「早く元気になんなきゃ、ゆるさない……！」

私――ナオくんが好きだ。

「そーだな。お前怒らせると怖えーもんな」

私の強がりを見抜いちゃうとことか、意地悪を言いながらも大きな手を伸ばして涙拭いてくれるとことか。

「つーか、頭痛ってぇ。縫った？」

「……ううん。外傷はなくて、脳震盪だろうって」

「そーか。前後の記憶全然ねぇや、情けねーな」

普段テキトーなくせに仕事が絡むとマジメな顔しちゃうとことか、つらいはずなのに私にこれ以上心配かけないように明るく笑い飛ばそうとしちゃうとことか。この人の全部が、私の心をぎゅって掴《つか》んで、離さない。

一度自覚するとすんなりと腑《ふ》に落ちた。だけど、この気持ちは絶対に言えない。

ナオくんはこれでもオトナで、私はまだコドモだから。

ナオくんの世界は私よりずっと広くて、ナオくんは私の知らないことをたくさん知ってる。きっと、恋だってたくさんしてきてる。

私が恋心に気付いたところで、ナオくんが私のことをそういう対象として見ていないことは、痛いくらいわかってるんだ。

視界の端でカーテンが揺れる。ナオくんの視線の動きに釣られて私もそちらを向くと、スマホを片手に持った本郷さんが戻ってきたところだった。慌てて、涙で濡れた目元を制服の袖で拭った。

「直也。気付いたのか」

「おう、今さっきな」

安堵《あんど》の表情を見せた本郷さんに、ナオくんは片目を細めて応えた。

「悪いな、ちょっとヘマした」

「ほんとだよ。心配かけさせんなっつう」

「悪かったって」

笑いながら言うナオくんだけど、その表情は心なしか歪んでいる。大きなケガがなかったとはいえ、頭打ってるんだもんね。

心配かけないように振る舞ってくれてるだけで、ほんとはすっごくつらいのかもしれない……。

「要救助者は……？」

「誰かさんが身を挺《てい》してくれたおかげで、大きな怪我はなかったみたいだよ」

「そうか。よかった」

ホッと息を吐いたナオくんは、疲れの色を滲ませて少しの間目を閉じた。

「もう聞いたかもだけど、大したケガはしてないってさ。頭打ってるから、明日一般病棟に移動して、二、三日は入院して経過観察」

本郷さんの説明をナオくんは静かに聞いていた。

説明を終えた本郷さんは署に戻るというので、私も一緒にお暇《いとま》することにした。

病室を出る時、ナオくんの顔を真っ直ぐに見られなかったのは、いきなり自覚した恋心に戸惑ってしまっているからだった。

だって、苦しい。相手は自分よりずっと大人だし、気付いた時点で失恋確定しているようなものだし。

恋って、もっと甘いものなんじゃないの？　胸がキュンってなったりドキってなったりするんじゃなかったの？

なんでこんなに苦しいのに……恋だって確信だけはあるんだろう。

気のせいだとか間違いだとか、誤魔化せなくてもどかしいよ……。

どのタイミングで、どんな顔をしてナオくんに会えばいいんだろう。そんな悩みは、一瞬にして吹き飛ばされた。

「おい京香。離れろ、暑苦しい」

「何よぉ。あんたに引っ付いてるわけじゃないんだから黙ってなさいよ」

……えーっと？

「本人がびっくりして固まってるから代わりに言ってやったんだ俺は。茜の顔見てみろ」

「えー？」

端正な顔に覗き込まれて、はっと我に返る。

「きょ、京香さん⁉」

「久しぶり。ごめんね、久しぶりに会えたのが嬉しくて、つい」

私を包んでいたぬくもりが離れて、ようやく自分が置かれている状況を把握する。

学校が終わり、今日は真っ直ぐ家に帰ろうと帰路についていたところ、ナオくんから連絡が来た。突然の呼び出しにドキドキしながらも教えられた個室の病室の扉を叩くと、中から扉が開けられて、驚く暇もなくぬくもりといい匂いに包まれたのだった。

「つい、じゃねぇよバカ。勝手に呼び出しやがって」

なるほど、何となくらしくないと思った文面は京香さんのものでしたか。

「……悪いな、また来てもらうことになっちまって」

ベッドの上で上半身を起こしているナオくんは、昨日よりも随分顔色がよくなったように見える。セットのされていないぺったんこの髪が、ナオくんの切れ長の目にかかっていた。

「それは……大丈夫だけど」

ドラムを叩くように、激しく鳴る鼓動。それを悟られてしまわないように、間違っても声が上ずったりしないように、平然とした振る舞いを心掛けた。

「京香がスマホよこせっつーから渡したんだ。……したら、お前呼び出してた」

「だってあんたと二人とか、むさ苦しくてつまんなかったんだもーん」

「だったら帰ればよかったろ！」

苦虫を噛み潰したように京香さんを睨むナオくんだけど、当の本人はどこ吹く風だ。

「大きな怪我がなくてよかったわよ。今日の検査でも異常なかったんでしょ？」

「あぁ。明日の昼には退院できるって」

「あら、そうなの？　だったら別に私がサポートすることもないわね」

「だから、メッセージでもそう言ったじゃねえか」

そっぽを向きながら言うナオくんに、京香さんが小さく息を吐く。

「軽傷でもなんでも、この目で確かめなきゃ安心できないじゃないのよ。わざわざ来てやったんだから黙ってありがたがってなさい」

「そりゃドーモ」

やり取りを聞き思わず漏れた笑い声に、二人が私を見た。

「あ、いや……すみません、なんか二人、姉弟みたいだなって思って」

失礼だったかな。そう思って慌てて説明すると、ナオくんの顔が歪められた。

「嫌だよこんな横暴なネーチャン」

「私だって、あんたみたいな飲み甲斐《がい》ないやつが弟なんて嫌だわよ」

「酒の量で測るあたりが怖いんだよ」

呼吸するように軽口を叩き合う二人の様子を見て、いいなぁなんて思ってしまう。

高校時代からの付き合いなんだから、仲がいいのは当たり前なのに。恋を自覚した途端、欲張りになっちゃったみたいだ。

「そう言えば。テスト、上出来だったみたいじゃん」

急に話を振られて、一瞬何のことかわからなかった。

色々あってすっかり忘れてた。昨日、テストの結果をメッセージに入れてたんだった。

「そうだよ。ご褒美の約束、忘れてないよね？」

「え、何なに、おもしろそうな匂いがする」

「この前の実力テストで、学年十位以内に入ったらご褒美くれるってナオくんと約束したんです」

説明すると、興味深そうに京香さんが「へぇ」と声をあげた。

「約束は約束だからな。何が欲しいんだ？」

さほど興味もなさそうに聞くナオくんだけど、多分、ご褒美を与えることになるってわかってた。

私が勉強でつまずくたび、どの教科でも助け舟を出してくれたナオくん。俺が教えたんだから十位以内なんか楽勝だよな、なんて言いながら。

その通りになったよ。ナオくんの力を借りなきゃ十位以内なんてとれなかったかもしれないことが、ちょっと悔しいけれど。

「物じゃないの」

「……え？」

「ご褒美、物じゃなくて。連れて行ってほしいところがあるの」

きょとんとした様子の二人に、ずっと考えていたことを伝える。

「来月の十三日。ホワイトデーの前日に……お兄ちゃんのところに、連れてって」

けっして広くはない個室に沈黙が落ちた。たった数秒のことだったのかもしれないけれど、ひどく長い時間に思えた。

「十三日って……直也の仕事は休みが不規則だし、難しいんじゃない？」

その沈黙を破ったのは京香さんだった。

「今この場で約束できないだろうし、それなら何か買ってもらったほうが……」

「仕事だったら、前後で都合がつく日でいいから。その日は……お兄ちゃんの命日なの」

「茜ちゃん……」

「お父さんたちは行けないし……私だけでも行きたいと思ったんだけど、交通の便が悪くて一人で行くのは難しそうだから」

お兄ちゃんと何の繋がりもないナオくんにこんなことを頼むなんて迷惑だってわかってるけど……どうしても、会いに行きたいんだ。

「なるほど、俺を足にしようってか」

「そんなつもりはないけど、まぁ、そういうことになるね」

「……めんどくせーけど、約束は約束だからな」

ぽりぽり頭をかき、面倒くさそうにしながらも、ナオくんは私の申し入れを受け入れてくれた。

「ほ、ほんとに？　後で、やっぱやめたとか言わない？」

「言わねえよ。そんなことしたら末代《まつだい》まで呪《のろ》うだろお前」

あんまり乗り気じゃなさそうに見えるけど、約束だからって言ってナオくんは首を横に振らなかった。だから私も気付かないふりをして、その優しさに乗っかる。

「約束だからね。忘れないでね」

「わかったって。善処《ぜんしょ》はするけど、当日行けなくても文句言うなよ」

「言わないよ。ありがとう」

お兄ちゃんに報告しなきゃ。この人が、私が初めて好きになった人だよって。私も、恋なんてものをするくらい大きくなったんだよって。

聞いたら、お兄ちゃんはなんて言うだろう。

答えの出ない問いを頭の中で繰り広げながら、あの日のことを思い出しては少し苦しくなる季節が、今年はちょっとだけ楽しみになった。

抗エナイ思い

「お出かけ、いよいよ明後日だね」

春休みに突入し、家に遊びに来た真帆が声を弾ませながら言った。今日は近藤不在の女子会だ。

「お出かけって言ったって、ただのお墓参りだよ」

「でも、茜にとってはただのお墓参りじゃないいんじゃない？」

紅茶が入ったマグカップに口をつけた瞬間そう言われて、思わずむせそうになる。

鋭い。

「まぁ……うん。それは、そうだね」

もごもごと肯定すると、顔が熱くなった。まるで、足先の熱さえもせり上がってきたよう。

真帆と近藤の二人には、自覚してすぐに気持ちを打ち明けてあった。

「でも、ちょっと妬《や》けちゃうかも」

「妬けるって？」

天井を仰いだ真帆がそんなことを言うから、首を傾げる。

「いやーだってさ。学校にいる時の茜は、良くも悪くも隙がないっていうか。周りに比べると、やっぱり大人っぽく見えるんだよね」

でも、と真帆の言葉は続く。

「お隣さんの前とか、こうしてあの人の話をしてる時はちゃんと同い年に見えるんだよ。それだけ、お隣さんには気を張らずにいられてるってことでしょ？」

真帆の言うとおりかもしれない。

強く在《あ》ろうと思うのに、ナオくんが真っ直ぐに私を見透かすからどんな誤魔化しもきかなくて、弱くなる。そういう自分が嫌だと思う傍らで、心地いいと感じる私もいるんだ。

「当日の朝まで仕事なんだっけ？」

「そうなの。朝の九時すぎくらいに帰ってきて、それからちょっと仮眠とるってさ」

「消防士なんだよね？」

「うん、そう。正確には、救助隊ってとこにいるらしいよ」

あれから、退院したナオくんは職場にもすぐ復帰した。一日だけ内勤業務の日を挟んで、次の当番からはもう訓練や現場に出たらしい。

「お兄さんの命日に合わせて休み調整してくれたんでしょ？　いい人だね」

「ああ見えて、こういうとこ律儀《りちぎ》だから」

面倒くさそうな様子を隠すことなく、しかし蔑《ないがし》ろにされたことは一度だってない。私の知るナオくんはそういう人だ。

「いい日になるといいね」

真帆の言葉に、私は大きく頷いた。

そして、約束の日。時計の針が正午を指す少し前、インターホンが鳴った。

とうに支度は済ませていたから、上着と鞄を持って玄関へと走る。

「悪い、待たせたな」

扉を開けると、おでこが出ていないオフモードのナオくんが立っていた。心臓の音が少し駆け足になったのを感じながら、誤魔化すように首を小さく振る。

「ううん。お仕事お疲れ様」

家に鍵をかけて、どちらからともなく歩き出す。出来るだけ意識しないように、間違っても気持ちが溢れてバレてしまわないように心がけて、ナオくんの少し後ろを歩いた。

車の後部座席に、買ってきていたお花を置いてから助手席に乗り込み、シートベルトを締める。

「……とりあえず、○○市のほう向かえばいいんだよな？」

「うん。○○市の、ちょうど反対側の山の上にあるの」

「確かに、JK一人で行くにはキツいな」

ダッシュボードからメガネケースを取り出して、サングラスをかけるナオくん。

「今日、天気いいな。結構肌寒いのに」

「お天気コーナーでは冷え込むって言ってたけど、日差しは眩しいよね」

「ほんとな。目ェ覚めるわ」

欠伸混じりに言うので運転席を盗み見ると、なんか、すごく疲れた顔。

「……もしかして、結構無理して起きてくれた？」

髪の毛をセットしていないのも、ほんとに疲れててギリギリまで寝てたからなのかも……。

不安になって顔を覗き込んだ私の頭に、不意に大きな手が載せられる。

私の髪をくしゃっと撫でたナオくんは、少しだけ笑って、また手をハンドルに戻した。

……ずるいよ。何にも言わないのも、不意打ちで大人の余裕を見せるのも。

私だけがまた、ドキドキしちゃうんじゃん……。

途中、お昼休憩を挟みながら、お墓には一時間半ほどで着いた。

車を降りるなりぶわっと強い風が吹いて、あたり一面を冷たい空気が包み込む。

それでも、真上に昇る太陽の光はあったかくて、何だか不思議な感覚だった。

「じゃあ、行ってくるね」

「……え？　俺、置いてけぼり？」

「あ、いや……だって、行ったってつまんないでしょ？　それなら、ここで待っててくれた方が」

「行くよ。そんだけ荷物あったら、バケツ持てねーだろ」

う、確かに……。

お線香なんかが入った大きめの鞄にお花。ここに水の入ったバケツまで加わるとなると……確かに、一回では持てないかも。

「車で待ってたって暇だし。それに、バケツの水ぶちまけるなんてオモシロイ光景、一人で披露させせんのも可哀想だしな」

「絶対にぶちまけないもん！」

お花を抱えて、お兄ちゃんの眠るお墓までの道を歩く。途中の水道で水を汲《く》むと、そのバケツはナオくんが持ってくれた。

「今年も来たよ、お兄ちゃん」

ある灰色の墓石の前で立ち止まり、向かい合う。表面には御山の名前が、側面には祖父母の名前とともに、お兄ちゃんの名前が刻まれている。

持ってきた大きめの鞄からスポンジを取り出す。ろうそくやお線香など、お墓参りに必要そうなものは昨日百円ショップで買い揃えた。

「バケツ持ってくれてありがとう。今から掃除するから、適当に待ってて」

「は？」

ナオくんの手からバケツを奪い取ると、彼は眉間に皺を寄せた。

「ここまで来てそれはねーだろ。俺にもスポンジよこせ」

「え……でも」

無関係のナオくんにそこまでさせるわけにはは。それに、ナオくん疲れてるのに。

「今更気ィ遣うなよ」

左のほっぺたがむにゅっとつままれる。不意打ちだったから、びっくりして思わず息を止めてしまった。

またブサイクなんて言葉が飛んでくるのかと思いきや、ナオくんはパッと指を離し、袋の中のスポンジを手に掃除に取り掛かった。

高く青い空の下、怖いくらいに穏やかに流れる空気の中で、私たちは黙々と掃除に励んだ。

バケツの中の水を入れ替え水鉢の中に水を注ぎ、花立にお花を入れたところで、失態に気付いた。

「マ、マッチ買ってくるの忘れた……！」

ここまでは完璧だったのに、重要な物を忘れてしまっていた。

狼狽える私を見て、ナオくんが呆れたように息を吐く。

「ったくお前は……。車にライターあるから、取ってきてやるよ」

体を翻したナオくんの服の裾を、咄嗟に掴んだ。ナオくんが驚いたように振り向いて、慌てて手を離す。

「私が取ってくるから、ナオくんここにいて」

「いいよ、どうせすぐそこだし」

「ダメ。私が行くから、鍵貸して」

さすがに甘えてばっかりはいられない。半ばふんだくるようにして鍵を受け取った私は、早歩きで車へと戻った。

「あった」

ナオくんに聞いた通り、助手席との間のポケットにライターを見つけた。再び車をロックして戻ろうとしたところで、ポケットの中のスマホが震えた。反対のポケットにライターを突っ込んでスマホを取り出すと、着信はお父さんからだった。

「もしもし」

お墓に戻る足を止めて空を仰ぐ。七年前とは違って、空には雲ひとつない。

『今日、墓参りに行ってくれたんだったよな』

「今、ちょうど掃除終えたところだよ」

前回電話した時に、命日にお墓参りに行くことは伝えていた。お隣さんが連れて行ってくれるってことも、一緒に。

『帰れなくてごめんな』

「仕方ないよ。国内にいるならまだしも、海外にいるんだから」

『父さんたちが謝ってたって、伝えといてくれ。来年は必ず帰るからって』

「あはは、了解」

帰ってきたかったんだろうなぁ、二人とも。お父さんからのメッセージ、ちゃんと伝えなくちゃ。

「ごめん、お隣さん待たせちゃってるからあんまり長話出来ないの」

『あぁ、そうか。その……お隣さんにも、お礼を言ってたって伝えておいてくれ』

「わかった。またね」

通話を切って、今度こそ歩き出す。

敷地内は小さな白い石が敷き詰められていて、足をとられそうになるから少し危険だ。それでもなるべく急ぎ足で戻った時、

「ナオくん……？」

強い風が吹き、髪の毛が風に舞い上がって、前方に佇《たたず》むナオくんの姿を隠した。指で髪をかき分けると、ナオくんは私の姿に気付いたらしく片手をパッと挙げる。

「遅かったな。すぐに見つからなかったか？」

「ううん、違うの。お父さんから電話かかってきてて、ちょっと話してた。待たせてごめん」

そうだ、伝言預かってたんだった。

「お父さんが、ナオくんにお礼言っといてって。改めて、連れてきてくれてありがとね」

ペコっと頭を下げたタイミングで、また風が吹いた。髪が風に泳ぎ、視界を妨《さまた》げる。

風が収まるのを待ってからろうそくに火を点《つ》けようとしたけれど上手くいかず、

見兼ねたナオくんが代わりに点けてくれた。お線香にも火を移し、手を合わせる。

お兄ちゃん。今日はね、伝えたいことがたくさんあるんだ。

私、一月に十七歳になったよ。一人暮らしにもう慣れて、何とか元気にやってるから安心してね。

もうすぐ三年生になるよ。漠然《ばくぜん》と大学進学かなって思ってはいるけれど、希望進路はまだ決まってないんだ。

お兄ちゃんは、どうしてあの大学の経済学部を選んだの？　生きていたら、色々と相談に乗ってもらいたかったなぁ。

そうだ。実はね、大ニュースがあるの。生きていたら、恥ずかしくて話さないかもしれなかったこと。

なんと私、初めて好きな人ができたよ。その人はね、今、私の隣にいる人です。

びっくりした？　誰だよって思った？　どう見ても、私と同年代じゃないもんね。

私の七つ上だから、お兄ちゃんの二つ下かな。お兄ちゃんの時間は十九歳で止まったままだから、歳下って言っていいのかわかんないけど。

一人暮らししてる家の、隣に住んでる人なの。色々適当な人だけど……いいところもたくさんあるんだよ。

例えば、仕事に対して真面目なところとか、たまーに優しくしてくれるところとか。今みたいに……私の隣で、ちゃんと手を合わせてくれるところとか。

こんなにも心を揺さぶる感情があるんだってことを、この人に出会って初めて知ったの。

「……よし。そろそろ行こっか」

「あぁ、そうだな」

だからね、お兄ちゃん。あかねは今、けっこうしあわせ。


帰りの道路が少し混んでいたけれど、夕方にはマンションに戻ってこられた。

その流れでいつものようにナオくんの家でご飯を食べることになったんだけど、お疲れ気味の様子だったのでご飯の支度が出来るまで寝室で休んでもらうことにした。

「うん、上出来」

味見をしたお皿をワークトップに置いて、一人で大きく頷く。ふふん、我ながらい出来だ。

「あれ、もう八時じゃん」

リビングに顔を出して時刻を確認すると、思いのほか時間が経過していた。

寝室に消える前、ご飯が出来ても寝てたら電話して起こしてくれって言われたけど……ナオくん、起きてこないなぁ。

少し迷って電話をかけてみるも、呼び出し音が鳴るばかりで一向にナオくんが起きる気配はなかった。

「声、かけてみよう」

リビングから廊下に出たすぐ右手に扉があって、その向こうが寝室だ。扉を叩こうとして、ギリギリのところで動きが停止する。

この部屋は、慣れ親しんだ四〇三号室の中の唯一未知の場所だった。緊張が迫《せ》り上がってきて、振り切るように首を振る。

いやいや、起こすだけだから。扉叩いて、出てきてもらうだけだから。

大きく息を吸ってから、扉を三回ノックした。結構強めに叩いたつもりだったけど、扉の中からは何の反応もない。

もう一回、更に強めに叩いてみても、後には静寂が続くだけだった。

疲れてることはわかってたけど……こんなに熟睡するほどだったなんて。どうしよう、このまま寝かせておこうかな。

いや、でも……お昼ご飯あんまり食べてなかったから、せめて晩ご飯はしっかり食べてほしいし。変な時間に起きて寝られなくて、明日の仕事に支障が出たら大変だし。

「……入るなって、言われてるわけじゃないもんね」

何かに言い訳するように呟いて、私は初めて、寝室のドアノブに手をかけた。

――ガチャ……。

六畳の部屋のカーテンは空いていて、満月手前の月明かりが青白く差し込んでいる。月に照らされた部屋にはシングルサイズのベッドと、その足元にハンガーがたくさんかかったラックが置かれていた。

「失礼しまーす……」

恐る恐る足を踏み入れて、月明かりを頼りにベッドとの距離を縮める。

男の人の寝床に入るって、こんなに緊張するものなの？　部屋が静かだから、余計に心臓の音が大きく感じるよ。

「ナオくーん。ご飯できたよ……っ⁉」

毛布に包まる影に顔を寄せると、すうすう寝息が聞こえて心臓が跳ねた。

だ……ダメだ！　心臓に悪い！　早く起きてもらわなきゃ、私がもたない！

毛布を頭まで被った……というより、ベランダ側を向いて丸まっているナオくんに手を伸ばそうとした時、

「……ん？」

シーツと枕の間に、何かが挟まっていることに気が付いた。相変わらず、ナオくんはすやすや子どものような寝息を立てて眠っている。

なんだろ。暗くてよく見えないけど、四角い……紙？

それに手を伸ばしたのは、起こした拍子にグシャッてなったら気の毒とか、そういう、なんてことない理由で。どうして枕元に紙が挟まってるのかなんて、考える理由もなくて。回収したら、サイドテーブルの上にでも置いといてあげようなんて考えで。手にとった少し厚手のその紙が真っ白だったから、ひっくり返したのは反射みたいなもので。

そこに、特別な理由なんてなかった。

ない、はずだった。

「……え？」

七年前の今日、空は厚い雲に覆われて、月なんて見えなかった。低いところに構える分厚い雲から雪は容赦なく降り落ち、やがて街を真っ白に染め上げたあの日。

お兄ちゃんは、その雪を赤く染めた。

「なん、で……」

ナオくんの枕元から手にとったそれは、写真だった。

あの日と違って明るく差し込む月明かりが、写真をぼんやりと、だけど鮮明に照らしていた。

左耳にピアスを光らせた、まだあどけなさの残る制服姿のナオくんが写真の右側で肩を組まれて顔をひそめていて、左側には、黒い髪をサイドで束ねた制服姿の女の人が、肩を組まれてピースサインを向けている。

化粧っ気がないけど……わかる。この目鼻立ちは、京香さんだ。

そして、二人の間には——。

「どう、いう、こと……?」

二人の肩に腕を回して、私が大好きだった太陽みたいな笑顔を弾けさせるお兄ちゃんの姿があった。

届カナイ心

あの頃の私にとって、一番かっこいい存在はお兄ちゃんだった。

私と同じ色素の薄い色は軽やかに風に舞い、大きな目はいつも柔らかく細められてあったかかった。

小学校に通う中で、周りが色恋に浮き足だち始めた時。周りの友達に、「あかねちゃんのお兄ちゃんってかっこいいよね」「ぜったいモテモテだろうな～」なんて言われて、自分のことみたいに嬉しかった。

毎年大量に持って帰ってきていたバレンタインのチョコレートは、高校二年生を境に一つになった。

友チョコの文化しか持ち合わせていなかった私が、「友達、一人しかいなくなっちゃったの？」って真剣に聞いたら、お兄ちゃんは大きな口を開けて笑ってたっけ。

当時お兄ちゃんは何も言わなかったし、今考えてみても彼女がいる素振りはなかった。

だったら、あのチョコは一体誰からのものだったんだろう？

お兄ちゃんが通っていた高校は県内でも有数の進学校で、紺色のブレザーの胸元には、何やらかっこいい校章がついていた。私服の時ももちろん素敵だったけど、カッチリとした制服は、お兄ちゃんによく似合っていたと思う。

——写真の中のナオくんも京香さんも、同じ校章がついた制服を着てる。

頭のよかったお兄ちゃんは、教えるのだって上手だった。私が宿題でつまずいた時、解き方をわかりやすく教えてくれた。

——ナオくんが教えてくれた時と同じように。

私が何か困っていたら、お兄ちゃんは真っ先に助けてくれた。それから、大丈夫だって言うように私の頭を大きな手で撫でてくれたんだ。

——出会った時や私が強がっている時に、ナオくんがそうしてくれたように。

家に帰ってきたお兄ちゃんから、お兄ちゃんのものでない香りがすることがあった。鼻に抜けるような、爽やかな匂い。今と昔が重なるあの香りは——。

「ん……」

視界の端で影が動いて、肩が跳ねた。そこでようやく、自分が完全に動きを停止していたことを理解する。

「あれ……なんでお前がここに……？」

私が寝室にいる状況を飲み込めていないのか、のそのそと起き上がるナオくんの声は心なしか甘い。

そうだよ、疲れてたんだもんね。朝まで仕事だったのに、少しの仮眠だけで私に付き合ってくれた。私との約束のために、わざわざ休みを調整してくれた。

何も知らない様子で、知らない人の墓前に手を合わせるために。お兄ちゃんがこんな満面の笑みを浮かべる、その程度の人なのに。

「ナオ、く……」

頭の中がぐちゃぐちゃのまま振り向く。ベランダから差し込む光が私を照らした瞬間、逆光の中でもはっきりとナオくんの表情が変わったのがわかった。

「……っ！」

瞬間、私の手から乱雑に奪い取られた写真。触れた指先は温かいはずなのに冷たくて、温かさを知ってるからこそ温度差に衝撃を受けて、瞳の奥が少しの痛みを伴って熱くなる。

「い、今の写真……私の見間違いかな……。お兄ちゃんが写ってた……」

滲む世界の向こうに、ナオくんの声は聞こえない。

いやだ。なにか言ってよ。お願いだから、ねぇ。

違うんだって。これは精巧《せいこう》に作られたコラージュなんだって。これはお前の兄貴にそっくりな別人だって。

ううん、本人でもいい。

同姓同名で同じ高校だったけど、お前が妹だって気付かなかったんだって。めちゃくちゃな言い分だったとしても、私、信じるから。

これ以上ないくらい好きになっちゃったナオくんのこと、ちゃんと信じたいのに。

「なんで、なにも言ってくれないの……っ」

唇の端から滑り落ちた言葉は震えていた。写真を失って彷徨っていた手に小さな衝撃が弾ける。

泣きたくなんかなかったのに、素直に涙が溢れてしまうようになったのは、あなたがそうであれって言ったからだよ。

私がこうなったのはあなたのせいなんだから、責任とって涙拭いてよ。いつかしてくれたみたいに、軽口叩きながら笑ってよ……。

「……そうだよ」

微かに鼓膜を震わせた愛しいはずの声は、いつもと少し様子が違った。影が動いたかと思えば、ベッドから降りて扉に向かって歩いて行く。

リビングで、明るいところで、話してくれるの？　ご飯食べながら、笑いながら、話してくれる？

そんな淡い期待は、容赦なく打《う》ち砕《くだ》かれる。

「もう、会うのは終わりにしよう」

抑揚《よくよう》のない冷たい声。その向こうに、押し殺された感情がいるような気がするのに、私からはなんにも見えない。

いつだってそうだった。ナオくんは、自分のことを話そうとしなかった。

嫌だよ。行かないで。終わりなんて、言わないで。

「俺がお前の兄貴を……圭太《けいた》を殺した。俺は……俺だけは、お前に関わっていい人間じゃなかったんだ」

最後にごめんなと言い置いて、ナオくんは部屋を出て行ってしまった。

放たれた言葉の意味がわからずに、難しくなんかないはずの単語を何度も何度も頭の中で反芻《はんすう》する。

オレガ――コロシタ。オマエノアニキヲ。カカワッテイイニンゲンジャナカッタ。

何度繰り返しても、一つも理解できなかった。

理解できるだけの説明もしないで、ナオくんが四〇三号室を出て行ってしまったことだけは本当で。靴箱の上に置かせてもらっていた私のキーケースから、四〇三号室の鍵が外されていた。

こうして、驚くほど呆気なく、ナオくんと繋がる糸は切れてしまった。

彼が言った言葉の意味も、あの写真の意味することもわからないまま時間だけが過ぎて、気が付けば春休みが明けていた。

「私も同じクラスがよかったよ……」

始業式の後、がっくりと肩を落とす真帆の姿があった。朝、掲示されていた新しいクラスの名簿を見てからというもの、ずっとこの調子なわけだけれど。

「さすがに三人一緒は難しかったなー」

「でも、隣のクラスでよかったよね。私とは体育の授業同じだし」

「それがせめてもの救いだよ」

声も表情も萎れたままに真帆が言う。近藤は気の毒そうにしながらも、「仕方ねぇべ」と割り切った様子だ。

春休みが終わる頃、うちに遊びに来た二人に、あの日あったことを話した。あの時放たれた、温度を失った言葉の一言一句もすべて。

二人は困惑した様子で、私が話し終えるまで静かに耳を傾けてくれた。

時折言葉が詰まったけど、涙なんてものは出なかった。本当に、一ミリも理解できないままで、意味もなく流れる涙はなかった。

ただどこか空虚な毎日を過ごしていた私に、二人から届く何気ないメッセージはちょっと沁《し》みた。

「あ……そうだ。近藤は強制参加として、茜、今から暇？」

「うん、家に帰るだけだよ」

「じゃあさ、ちょっと寄り道して、無邪気なあの頃を思い出さない？」

さっきとは打って変わって軽快な言い回しをする真帆に、私と近藤は顔を見合わせた。

「無邪気なあの頃って、こういうことね」

駅前の百円ショップに立ち寄って、買ったのはシャボン玉。そのまま学校に続く道を引き返し、私たちは河川敷《かせんじき》へとやってきた。

「最近、無性にやりたかったんだよねー。どうせなら二人に付き合ってもらおうと思って」

「一番大きなシャボン玉作れたやつが勝ちな」

「お、いいね。勝負だ」

パッケージを遠慮なく開け、それぞれにシャボン玉のボトルが配られる。

二人の明るい声と明るい笑顔。この突拍子《とっぴょうし》もない誘いが、元気のない私を気遣ってのことだということにようやく気が付いた。いい友達を持ったなって、改めて思う。

「私も負けないから」

ストローに口をつけ、息を吹き込む。あたり一帯はいつしか、玉虫色の泡沫《ほうまつ》に包まれていた。

西日に染められたオレンジ色の世界を、気ままに揺蕩《たゆた》う幾多《いくた》のシャボン玉たち。

大丈夫。自然だ。笑えてる。ちゃんと楽しい。

彼が私の世界のすべてじゃない。そう思って前を向いては、ふとした瞬間に思い出す。不安を掻き消してくれるはずの人に背を向けられた、あの夜のことを。

「茜ちゃーん!」

夕焼けに包まれた世界に吹いた強い風に乗って、芯の通った高い声が私を呼んだ。

なびく髪とぐるぐる舞うシャボン玉の間を縫って目を凝らすと、堤防の上に人影が見えた。眩しい西日が逆光になって、シルエットははっきりと確認できるのに、顔は見えない。

向こうからは私がはっきり見えているのか、ぶんぶんと手を振るその人の声には聞き覚えがあった。

「京香さん⁉」

二人に断ってから、そのシルエットに駆け寄る。階段を上り切る数歩手前で、ようやく顔がはっきり見えた。やっぱり、京香さんだ。

「いやー、びっくりだよー。外回りの帰りに歩いてたら、茜ちゃんがいるんだもん。嬉しくて、思わず大声出しちゃった」

紺色のパンツスーツ姿の京香さんは、西に傾く太陽に負けないくらい明るい笑顔を私に向けてくれた。その笑顔が写真の中の姿と重なって、胸の奥が痛くなる。

そうだ……京香さんも、お兄ちゃんのことを知ってるんだ。

「ごめんねー、友達と遊んでたところ邪魔しちゃって。放課後に河川敷でシャボン玉かぁ。いいなぁ、青春って感じ」

なんで何も言わないんだろう。なんで黙ってるんだろう。お兄ちゃんと同じ高校で友達だったって、たったそれだけ、簡単なことなのに。

ナオくんは何も言ってはくれず、あれ以降ずっと会えないでいる。

今日ここで京香さんに会ったのは本当に偶然だと思うけど、ナオくんに架《か》かる橋を向こうから断たれた現状、頼れるのはこの人だけだ。

「あ、あの。私、京香さんに聞きたいことが――」

——プルルルル……。

意を決して絞り出した声は、着信音に遮られた。言葉を詰まらせた私に申し訳なさそうにしながら、京香さんが電話に出る。

完全に仕事モードに切り替わった京香さんは、いつもとは違った様子で電話相手と言葉を交わしていた。

なんだかすごく、デキる女性って感じ。こんなにも素敵な女性と、お兄ちゃんは知り合いだったの？

ナオくんの二つ先輩って言ってたから、お兄ちゃんとは同い年だよね。写真では同じ制服を着ていたし、高校の同級生？

堤防の下に視線を向けると、真帆たちがたくさんのシャボン玉を風に乗せているところだった。

目の前にいる京香さんや、助けを求める人の元へ駆け付けるナオくんとは違って、私たちの世界はそんなに広くない。限られた世界で、きっと多くの大人に守られて、私たちはこうやって無邪気に笑えている。

そんな無邪気な時代から、一体どれだけの経験を重ねれば、二人みたいな大人になれるんだろう。

『これだけの人を救っても、あんたはまだ自分を許さないのね』

初めて京香さんに会った時、扉の向こうから聞こえてきたこの言葉。あれは、もしかして……。

「承知しました。では、すぐに確認させていただきますね。ええ、では後ほど」

会話が終了する気配がして視線を戻すと、ちょうど京香さんがスマホを耳から離したところだった。

「ごめん、急ぎで会社に戻らなきゃいけなくなっちゃった」

「あ……そうなんですか」

仕事だから仕方ないってわかってるのに、つい、しゅんとした気持ちが声色に表れてしまった。

「何か、私に聞きたいことがあったんだよね」

私が頷くと、京香さんは再び鞄の中に手を突っ込んだ。中から革製の白いケースのようなものが取り出される。

「これ、私の名刺。書いてるのは社用携帯の番号だけど、二回着信入れてくれたら私用から折り返すから、後でもよければかけてくれる？」

人生で初めてもらった名刺には、高倉京香という名前と会社名、連絡先が記されていた。

「ありがとうございます」

「ううん、今時間とれなくてごめんね。じゃあ、またね」

ひらひらと手を振って、京香さんが河川敷を足早に歩き始めた。その背筋の伸びた背中を、夕日がオレンジに染めている。

強い風が吹いた。私のウェーブのかかった髪と、京香さんのサラサラの髪が春の風に乗って舞う。

「京香さん！」

気付けば、私を呼んだ彼女に負けないくらいの声量で彼女を呼び止めていた。随分先まで歩いていっていた京香さんはヒールを鳴らすのを止め、体を半分だけ翻させる。

「兄は……御山圭太は！　京香さんにとって、どんな人でしたか⁉」

私の張り上げた声を受け取った京香さんの動きが止まった。それも束の間。

「一生忘れられないって本気で思うくらい、大好きな人だったよ！」

いつもの元気な、だけど少しの哀愁《あいしゅう》を帯びた声で叫び返して、今度こそ京香さんは道の向こうに姿を消した。

ねぇ、お兄ちゃん。

ナオくんとお兄ちゃん。私は、私の大切なあなたたちのことを、あなたたちが重ねた時間を、ちゃんと知りたい。

許セナイ過去

「ごめんね、なかなか時間とれなくて。まさかゴールデンウィークになっちゃうとは……」

パンプスのストラップを外しながら、申し訳なさそうに眉を下げる京香さん。彼女を招き入れた私は、上がり框の先で小さく頭を振《かぶり》った。

「いえ、こちらこそ時間をとらせちゃってすみません。京香さん、お忙しいのに」

「気にしないで。最近仕事ばっかりで参ってたから、茜ちゃんに会うだけでいい気分転換になるわ」

柔らかく微笑んだ京香さんは、表情と同じトーンでそう言った。

「それで……茜ちゃんが聞きたいのは、直也と——圭太の話だったよね？」

ソファに腰を下ろした京香さんは平坦な声色のまま、話を切り出した。白いブラウスの肩から黒い髪がさらりと流れる。

そんな彼女の前にアイスティーの入ったグラスを差し出しつつ、顎を引いた。

連絡をした時も今も、どうして私がそんなことを尋《たず》ねるのか、ということを尋ねてはこなかった。

「直也から口止めされてる……って言ったら？」

「……え？」

予想外の返答に、床に腰を下ろそうとしていた私は動きを止める。というより、無意識のうちに止まった。ここに来て、まさかそんなことを言われるなんて思ってなかったから。

「もしそれが本当なら……京香さんはその要望を飲みますか」

数えるほどしか会ったことのない私と、長い付き合いのナオくん。どっちが優先されるかなんて、そんなの……火を見るより明らかだ。

「飲む……べきなんだろうね」

アイスティーに口をつけながら伏せられた睫毛《まつげ》がとても綺麗で、思わずドキリとしてしまう。

「だけど、私は、私の知ってるすべてを話すつもりで今日ここに来たよ」

全開にしたベランダから強い風が吹き込んでくる。

時刻はおやつの時間を過ぎたあたり。傾く準備をする太陽は、まだまだ眩しい。

「この一ヶ月、たくさん……それこそ、毎日考えた。あのバカが望まないことを、あいつのことを見守るって決めた私がしてもいいのかって」

「京香さん……」

「相手が茜ちゃんじゃなかったら、きっと、迷わずあいつを選んでた。そうすることが、私に残された役目だと思うから。……でも」

汗をかいたグラスが、テーブルの上に戻される。その拍子に、中の氷がカランと鳴いた。

「茜ちゃんは圭太の妹なんだもん。圭太の最期《さいご》のことも……直也とのことについても、知る権利が茜ちゃんにはあるんだもんね」

いつも凛《りん》とした京香さんの声は、ろうそくの灯りが風に揺れるように震えていた。

「一つだけわかっていてほしいのは……これはあくまでも、私が知る二人の話だってこと。気をつけて話すけど、主観も混じっちゃうかもしれないから……それだけは理解しててね」

そう前置いて、京香さんは静かに記憶のページをめくり始めた。

＊＊＊

前にも言った通り、私と直也は高校の先輩後輩でね。同じ高校に、あなたのお兄さん……圭太もいたの。

私が圭太と初めて会ったのは、高校に入学してすぐの頃。隣のクラスに一際《ひときわ》目立つ男の子がいることは知っていたけれど、まさか向こうから声を掛けてくるとは思わなかった。

きっかけは、私が持っていたタオルだった。応援している海外のサッカーチームのタオルを持っていた私に気付いて、「そのチーム、俺も好きなんだ」って。思わず盛り上がっちゃって、サッカー部だった圭太に誘われるままにマネージャーになったわ。

クラスは違ったけど、私たちはよく一緒にいた。見た目の良さと人当たりの良さで人気者の圭太だったから、あいつのことを好きな女の子に睨まれたりもしたっけ。

幸い、部員や周りの友達に恵まれていたから特に気にしてなかったんだけど、圭太は優しいから、俺のせいでごめんってすごく申し訳無さそうにしてたなぁ。

でも、優しいだけじゃなかったよね。

いつだってサッカーには本気で、自分には厳しくて、不義理なことや曲がったことが嫌いで、困ってる人をほっとけない。そんな圭太から、いつの間にか目が離せなくなってた。

三年生になって、初めて圭太と同じクラスになった。同じだって知った時は、嬉しかったなぁ。

私達が通っていた学校はいわゆる進学校で、一応本人の自由ってことにはなってるけど、受験に備えて早い段階で部活を引退する人がほとんどだった。他の選手はもちろん、キャプテンだった圭太も、一学期の途中でサッカー部を引退したわ。

うちの部はみんな仲がよかったし、その中でも特に圭太は慕われてたから、後輩の悲しみようったら相当なものだったわよ。

ほぼ毎日学校で夏期講習を受けているうちに夏休みが終わって、私が直也のことを知ったのは、二学期に入ってからだった。

放課後、居残り勉強を終えて帰っていた途中、コンビニの前にたむろするガラの悪い男たちを見かけたの。

『タバコ吸ってるけど、あれ、どう見ても高校生だよね？　制服混じってるし』

私が声を潜めて言うと、圭太は小さく息を吐いて驚くべきことを口にした。

『ていうか、うちの学校の生徒もいるなぁ』

さほど興味もなさそうに、とんでもないことを圭太が言うもんだから、私、びっくりしちゃって。

『まさか。うちの高校の制服着てるやつなんていないじゃん』

『あの黒いTシャツ。あれ、うちの一年だよ』

集団の中で黒いTシャツを着ていたのは一人だけだった。

慣れた仕草で燻《くゆ》らすタバコ、耳に光るピアス。どう見たって校則の厳しいうちの学校の生徒には見えなかった。

『そんなわけないでしょ』

『いや、一年の真木で間違いないよ。一年の一学期の成績トップだったやつ』

学年トップの秀才が不良グループに？　ナイナイ、ありえない。そう思っていた、んだけど……。

『まーきくん』

お盆を手に空席を求めて食堂を歩いていた時、隣を歩いていたはずの圭太がふらりと進路を変えた。当然のことに驚き、その先にいた人物に目を剥いた。

『……誰』

そこには、前日、コンビニの前でタバコを吸っていた男がいたんだもの。

〝まきくん〟と呼ばれた男は、ご飯を食べていた箸を止め、怪訝そうに圭太を睨んだ。佇むしか出来ないでいた私とは対象的に、圭太は臆することなくニコニコと笑顔を浮かべていた。

『三年の御山圭太。で、君は真木直也くんだろ？』

『……なんで知ってんだよ。普通にコエーんだけど』

『はは、ごめんごめん。前に君を職員室で見かけた時、他の先生が話してるのが聞こえたんだよね。学年一の秀才だーって』

圭太の軽い物言いに、直也の眉間に皺が寄せられた。しかしそれ以上は何も言わず、直也は箸を動かし続けた。

『でも、理解出来ないんだよなぁ。なんでそんな秀才クンが、あんな人目につきやすいとこでタバコなんか吸ってたわけ？』

無垢《むく》な子どもが純粋に疑問を投げかけるように、圭太は爆弾を投下した。瞬間、黙々と動かされていた直也の手がぴたりと動きを止めた。

――ガタン！

勢いよく立ち上がって射るように圭太を睨みつけた直也は、結局何も言わずに返却口の方へと歩いて行ったわ。

『いつまで突っ立ってんの京香。座れば？』

相手にされなかったことを気にする素振りもなく、これまた呑気な声で言ってきて。緊張状態からやっと解放された私としては、なんかプチっときちゃって。

『座ればァ？　じゃないよバカ！　何、馴れ馴れしく喋りかけてんの！』

さっきまで直也が座ってた席に、勢いよく腰を下ろす。憤慨《ふんがい》する私を前にしても、圭太は口角を上げたままだった。

『だって後輩だもん。敬語で話す必要ないだろ』

『そういう話をしてるんじゃないの！』

私が思わず声を荒らげても、圭太は動じることなく涼しい顔を崩さない。

『ごめんて。でも、噛み付いてこなかったろ？』

『それは結果論でしょ』

あんなガラの悪いやつらとつるんでて、本人だって未成年のくせにタバコを吸ってる。怒らせたら何するかわからない相手に、どうして圭太は絡みに行ったりするの。

『はは、悪い悪い。なーんか気になってさ』

気になるって、何が？　聞いてみたけど、圭太はそれ以上何も言わなかった。

食堂の一件があった後、圭太は直也を見かけては声をかけるようになった。

時にはわざわざ一年生の靴箱にまで回り込んで。時には階段ですれ違う直也の肩を叩いて。やめときなよってどれだけ私が言っても圭太がそれを聞き入れることはなく。シカトし続ける直也に、それでも圭太は声をかけ続けた。

日中もセーターが手放せなくなるくらい冷え始めた頃、学年全体の受験モードは更に加速して、クラスのほとんどが学校終わりや休みの日に予備校に通う毎日を送っていた。私と圭太を含むサッカー部の何人かは同じ予備校に通っていて、部活はとっくに引退していたのに顔を合わせることはしょっちゅうだった。

朝から予備校の自習室にこもっていた日曜日の夜、休憩のタイミングが重なった圭太とコンビニに買い出しに行こうとした時、ちょうどご飯から戻ってきた部員と行き合ったの。

『お疲れ。今からメシか？』

『うん、そこのコンビニ行ってくる』

『あー……圭太もいるなら大丈夫だとは思うけど、気をつけろよ』

歯切れの悪い忠告に、私と圭太は顔を見合わせた。

『気をつけろって、どうして？』

『いや……ガラの悪そうなやつらが軽く言い争ってたからさ』

彼の危惧《きぐ》は杞憂《きゆう》に思えた。だって、そんな諍《いさか》いなんて私たちには関係ない。ドンパチしてたって無視すりゃいい。

そう思ってたのに無視できなかったのは、その中に直也がいたからだった。

寒空の下、夜道を歩いていると、何やら路地から怒鳴り声が聞こえた。反射的に声のした方に視線を向けると、街灯に照らされた数人の中に直也の姿を見つけてしまったの。

どうやら二組のグループが衝突しているようで、その傍で直也は心底面倒くさそうな顔をしていた。ハッとして圭太の方を向くとその目はしっかりと直也を捉えていて、引き止めようとした時にはもう遅かった。

『あっれ、真木クンじゃーん』

物々しい空気に似つかわしくない声色で直也を呼んで、圭太はその肩に手を乗せた。心底驚いた様子の直也と、眉間に皺を寄せた周りの男たち。

『な……なんでお前が……』

『なんだテメェ』

一人の男が圭太に詰め寄って、私の肝は瞬時に冷えた。しかし、圭太は飄々《ひょうひょう》とした姿勢を崩さない。

『んー、そうだなぁ。こいつのトモダチ？　的な』

『は、誰がトモ……むぐっ！』

『だから急で申し訳ないんだけど、こいつ借りてくわ。どうしても行かなきゃなんないトコあるんだよ』

『あ、おい勝手に……！』

『別にいいだろ？　アンタらの喧嘩に、こんなガキ必要なさそうじゃん』

背を向けてた圭太の表情は見えなかったけど、その声色は初めて聞く冷ややかさだった。呆気にとられる面々を置いて、振り解こうとする直也の手を強引に引いた圭太が戻ってきた。

『っ離せよ！』

男たちの姿が見えなくなったところで、直也が圭太の腕を力ずくで振り解く。鋭く睨まれても、圭太は臆することなく直也を見据えていた。

『なんっ……なんだよお前は！　俺の周りをうろちょろしやがって……！』

『うろちょろって、心外だなー。学校が同じなら会うこともあるし、今回はほんとに偶然だし』

『偶然だったらほっとけばよかっただろ⁉』

傍観していた私も、内心何度も頷いた。この時ばかりは、よく知る圭太よりも、心底関わりたくない直也を全面支持したもんだわ。

だけど圭太は表情を崩さないまま、直也との距離を詰めた。

『純粋に知りたいんだよ。学校でつるまないお前は、外でどれだけ楽しいコミュニティにいるのか』

『……は？』

『俺にはどうも理解できないわけ。さっきだって、死んだ目して、別に楽しそうでもなかったしな』

挑発しているのか心配しているのか、もうよくわからない。ただ一つ、直也の瞳が僅かに揺れたことだけは確かだった。

『お前が何にイラついて何に反抗したいのかはわかんねぇけどさ。俺、お前と友達になりたいって思ったんだよ』

構う理由はそれで十分だろ、と圭太は笑った。その後ろ姿は、背中は、とても大きなものに見えたわ。

普通は、不良とつるんでいるだとかタバコを吸ってるとか、そういう、目に見えるものだけを信じるじゃない。

でも、圭太は違った。外に向かって牙《きば》を向ける直也の不安定さを感じとって、臆することなく理解しようとすることを選んだの。

その真っ直ぐな思いは、凝り固まっていた直也の心を融《と》かした。

……って言っても、何かが劇的に変わったわけじゃないわ。私たちは相変わらず受験生のままだし、直也も悪いやつらとの関わりを絶ったわけじゃなかった。

だけど。

『なぁ圭太。この問題って、この公式で合ってる？』

『どれどれ……って、ナオ、こんな難しい問題解いてんの？　これ、二年の後半にやる範囲じゃん』

『うるせぇな、いいだろ黙って教えろよ』

『ん？　それが人に物を頼む態度か？』

『……教えてくだサイ』

あの日を境に何かが変わった二人。いつしか圭太は直也をナオと呼んで、直也は圭太を圭太と呼ぶようになって。二人の関係性は、気の置けない友達同士のようにも、負けず嫌いが反映されたライバルのようにも、素直になれない兄弟のようにも見えた。

そして、私にも変化が訪れる。

『だーっ！　圭太のやつ、うっぜぇ！　おいキョウカ！』

『……へ？』

『圭太と付き合ってんだろ！　あいつの度がすぎるお節介、なんとかしてくれよ！』

二人が打ち解けていくのを外野から眺めるだけだった私に、直也の方から話しかけてくるようになったの。……って言っても、直也の方は意識してのことじゃなかったかもしれないけど。

でも……そうね。あの頃の私はまだ直也への警戒心を捨て切れてなかったから、直也の方から来てくれなきゃ今の私たちはなかったかもしれない。

『付き合ってないし！』

『え、そうなのか？　じゃ、キョウカの片想い？』

『なっ……やめてよバカ直也！』

ナオ、とは呼べなかった。ナオって呼んでるのは、私の知る限り、圭太一人だけだったから。

直也の壁をぶち破った圭太にのみ、そう呼ぶことが許されているような気がしたの。

思わず目を見張るほどに直也の左頬が赤く腫れあがっていたのは、二学期の終業式の日だった。

式を終え、教室までの廊下を並んで歩いていた私達に気付くなり、直也は気まずそうに顔を逸らした。

圭太が見逃すはずもなく、足早に距離を詰めてがっちりと直也の腕を掴んだ。いつもだったらすぐに振り払うような場面なのに、その時の直也は腕を持ち上げることもしなかった。圭太が腕を引いて、人けのない渡り廊下に場所を移す。

『何があった』

『別に……転んだだけだし』

『見え透いた嘘つくな。喧嘩したのか？』

この頃には圭太とも私とも親し気に話すようになってはいたけれど、一方で素行に関する悪い噂は絶えなかった。サッカー部の後輩に、なんであんなやつと仲良くしてるんですかって聞かれたこともあった。

『……どうだっていいだろ。圭太には関係ない』

『関係ないかもしれないけど、どうだっていいわけないだろ』

突き放そうとする直也に圭太の声は怒っていて、顔を逸らした直也の肩が怯えるように揺れた。

『んな大したもんじゃねぇよ。ちょっと親と喧嘩しただけだっつの』

直也は笑って言ったわ。でも、それが無理に作ったものだってことは、私にだってわかった。

『ナオも手を出したのか？』

「……さぁな」

はぐらかしたこと、それが答えだった。直也からは、手を出していない。

圭太が直也との距離を詰め、右腕をそっと持ち上げた。

『っ何……すんだよ』

『うるせ。ちゃんと冷やさねぇから、こんな面白いツラになるんだよバカ』

『面白い言うなアホ』

腫れ上がった頬に手を添えられて、憎まれ口を叩いて。でも、その表情はすぐにくしゃりと歪められた。

『……二学期の成績、学年二位だったんだ。それが、どうしても気に食わなかったらしくて』

外部から見れば十分レベルの高い学校で、学年二位でいることが許されない。そんな重圧が——昔からずっとだったなら？

『高校に入ってすぐ、思ったんだ。親の決めた学校に入って、親の機嫌損ねないためだけに勉強してさ。俺、なんでここにいるんだろうって……考えたらバカバカしくなってきて』

『だからタバコ吸ったり、悪いやつらとつるんだりするようになったの……？』

『……小さな反抗のつもりだったんだ。あいつらが絶対に赦《ゆる》さないことをすれば、何かが変わると思った。楽になれると思った』

でも、と直也の言葉は続く。

『弱いんだよ俺。全部投げ出す覚悟なんか出来なかった。あいつらが求める結果を棄《す》てることも、俺には出来なかった……っ』

それまでの私は、考えもしなかった。はたから見れば理解出来ない行動にも、直也なりの理由があって、色んな葛藤《かっとう》があった。

直也が抱えていたものの存在を、圭太は一体いつから見抜いてたのかな、なんて。今となってはもう、わからないけど。

『全部投げ出す必要なんかないだろ』

圭太の静かな声が、渡り廊下に流れる冷たい空気に優しく響いた。直也の漆黒《しっこく》の瞳が、微かに揺れる。

『ナオの頑張りは親のためのものじゃない。全部、お前のもんだ。親が望む結果を棄てられなかったんじゃなくて、ナオが必要だって感じたから、棄てなかっただけだ』

まるでそれが真実であるかのように。まるでそれが真理であるかのように。

圭太の言葉は揺るぎなく、力強かった。

『また一位を目指すも諦めるも、お前の自由だよ。たとえ親にだろうと、人に強制されるものじゃない』

『………』

『だから俺は、タバコをやめろとも、不良グループとの関わりを切れとも言わねぇよ。あいつらといる時のお前は楽しそうには見えないけど、ナオが自分で選択して決めたんなら、それが最善なんだろ』

直也の頬に添えられていた手が、黒髪の上に乗せられる。そして、ふっと空気が震える気配がした。

『でも、自分を見失うな。弱いだなんて、そんな悲しい烙印《らくいん》を押すなよ。頑張り続けて結果出すって、みんなが出来ることじゃない。それだけで十分、お前は強い』

親の期待に応えるために頑張り続けてきた直也は、努力を重ねることが当たり前とされてきた。見られるのは結果だけで、その努力を誉《ほ》められることは決してなかった。

だけど、この時初めて認められて、肯定されて……直也の心は融かされたんだと思う。

『おいおい泣くなよ』

『は、泣いてねぇっつの』

『強がるな……って、ナオ以上に京香が泣いてんじゃん』

『だ、だってぇ……！』

眉をハの字にした圭太に頭を小突かれて、ブレザーから伸びるセーターの袖で目元を拭ったけど、涙は次々に溢れてきた。

『直也。何があっても、私と圭太がついてるからね……！』

何があっても、直也がどうであっても、私達は直也を信じる。そう誓いを込めて言うと、圭太は大きな口を開けて笑ったわ。

私と圭太、それぞれ志望校の合格を勝ち取って迎えた卒業式の日。式自体には参列しないながらも、講堂を出ると部活の後輩の多くが駆けつけてくれていた。たくさんの後輩に囲まれ、別れを惜しむ。

そしてその波が収まりかけた時、少し離れたところに直也の姿を見つけた。圭太も気が付いたらしく、輪を抜けて直也の元へ向かう。

『いやぁ、まさかナオが来てくれるなんてなぁ』

感心したように言う圭太に、直也は怪訝な顔で眉をひそめた。

『はぁ？　お前が来いっつったんだろ』

『うん、言った。言わなきゃ来てくれなそうだもん、お前』

からかうような口調で圭太が言うと、苦虫《にがむし》を噛み潰したような顔で直也が呟く。

『別に、そんな薄情じゃねーし』

小さくて、早口だった。でも、紡がれた声はしっかり私達の耳に届いた。

『聞いた？　今の』

『聞いた聞いた！　直也が珍しく素直だったね』

『茶化すな！』

拗《す》ねたようにぷいっとそっぽ向いた耳が真っ赤で、私と圭太はまた笑ってしまって、二人揃って怒られた。

でもね、私達嬉しかったの。あいつが、私たちに色んな表情を見せてくれるようになったこと。直也の中で、多分少しだけ、大事だって思ってもらえる存在になれたこと。一緒に過ごした時間はそう長くないけど、揺るぎないんだって胸を張って言えるこの関係が、嬉しかった。

『卒業、おめでとう。それから……ありがとな』

向き直った直也の低い声が、うららかな日差しの中で静かに響く。今度はもう、私も圭太も茶化さなかった。

『俺、目標出来たんだ』

『目標？』

『あぁ。親の言いなりが息苦しくて、期待の逆をいくことで何とかバランスを保ってたけど……それももう、飽きたし』

二月半ばの風はまだ冷たい。だけど、春の訪れを予感させる柔らかさも確かに含まれていた。

『夢とか、そういう立派なもんはまだないけどさ。今まで以上に勉強して、あいつらに文句なんか言わせないくらいの結果出して……そんで、圭太』

直也の人差し指が圭太に向けられる。予期していなかったのか、目を丸くした圭太に今度は直也が不敵に笑った。

『お前のいるところに、俺も行く』

圭太がいて、直也がいる。誰にも強制なんてされない未来予想図。

それは、直也自身で選択した、希望に満ちた未来だった。

目を見開いていた圭太だったけど、すぐに穏やかな表情になって、直也の決意を噛み締めるように飲み込んだ。

『待ってるぞ』

圭太の返答に、直也もまた安堵したように表情を緩めた。

『そうだ。せっかくだし、写真撮ってもらおうぜ』

『は？　やだよ、俺写真きら――』

『おーい、馬渕《まぶち》！』

直也の制止なんて聞かず、圭太が少し離れたところにいたサッカー部の後輩を呼び寄せた。

『じゃあ撮りまーす』

液晶越しに声がかかり、私の肩に腕が回される。左の肩にのしかかった重さは圭太のもので、反対側では直也が眉根を寄せていた。

カシャッという電子音がして、すぐ傍で弾けるような笑顔が咲いた気配がした。

春になり、離れ離れになっても連絡は頻繁にとっていた。バイトが決まっただとか課題が多すぎて大変だとか、そういう、他愛のないやりとりだったけど。

圭太の話には、時々直也が出てきたわ。ガラの悪いやつらとは距離を置くようになって、毎日心配になるくらい勉強を頑張ってるって。

忙しくてたまにしか会ってなかったみたいだけど、卒業してからも二人は二人のままだった。

緩やかに穏やかな関係性のまま——あの日はやってきたわ。

ホワイトデーの前日の……雪が静かに降る日だったよね。

次の日、圭太の呼び出しで会う約束をしていた私は、朝からずっとソワソワしていた。どんな顔で会えばいい？　って、そんなことを考えてた時だったわ、——高校時代の友達から電話があったのは。

『京香って、あの真木直也と仲良かったよね？』

久しぶりに聞く旧友の声は、電話の向こうで剣呑《けんのん》にひそめられていた。

『うん、仲良いよ。今もたまに会ってる』

『そうだよね。……遠目だったからもしかしたら見間違いかもしれないんだけど、さっきね――』

自信なさげに放たれた言葉は、私には確信を持って届いた。

わかった、ごめん、知らせてくれてありがとう。それだけを彼女に残して、通話終了のボタンを押した右手は震えてた。

頭がぐちゃぐちゃのまま、圭太に電話をかける。圭太はすぐに電話に出て、私は気持ちが急くまま矢継《やつ》ぎ早《ばや》に事態を説明したわ。

高校時代の友達から連絡があったこと。その彼女が、高校近くのコンビニ付近で、直也がガラの悪いやつらに絡まれているところを見たと教えてくれたこと。

『わかった。今すぐ向かうよ』

電話越しの圭太の声は冷静で、私の確証のない確信を確信のまま受け止めたようだった。

『京香は来るなよ』

『なんで⁉ 私も行くに決まってんじゃん！』

『何言ってんだよ、危ないかもしれないだろ』

『だからって何もせず待ってろっての⁉』

前を向いて、未来を歩き始めた直也。そんなあいつにとって、今の状況がいいものなはずないのに。

『そんなの嫌よ！　私だって、あんたが思ってるのと同じくらい直也が大事！』

私が食い下がると、電話口の向こうからは深いため息が聞こえてきた。

『……状況がわからないから、とりあえず落ち合おう。万が一先に着いても、俺が着くの待っててよ』

手短に会話を済ませる。

『京香』

電話を切ろうとしたところで、圭太の声が私を呼び止めた。

『……いや、やっぱりいいや』

『こんな時に何よそれ』

『ごめんごめん。じゃあ、後でな』

そう言って、圭太の方から切られた電話。まさかこれが最後に聞く圭太の声になるだなんて、思わなかった。

路地裏に響いた悲鳴のような叫び声を頼りに私が直也の元に駆けつけた時……圭

太の意識は既になかった。

傷やアザだらけになった直也に抱き抱えられた圭太は、頭から血を流して降り積もる純白の雪を染めていて。どうやって呼んだかもわからない救急車で圭太と直也は病院に搬送されて、圭太は結局、そのまま息を引き取った。

茜ちゃんは、……そう。ご両親からは事故って伺ってるのね。

間違いではないわ。あれは一種の事故……なんだと思う。

更生した直也と、昔つるんでたガラの悪い男たちが偶然会って……声を掛けたそいつらを直也は軽くあしらって。その態度に腹を立てた男たちが直也を路地裏に連れ込んで、殴って、蹴って。それでも直也はやり返すことなく、冷たく降り続ける雪の中、ただその理不尽な暴力を受け止め続けて。

どこかのタイミングで工事現場の立ち入り禁止のフェンスがなぎ倒され、それでも男たちは直也を痛めつける手を止めなくて……。

弾き飛ばされた拍子に、フェンスの中で保管されていた鉄パイプが倒れた。その下敷きになりそうになった直也を、駆け付けた圭太が庇って——。

圭太のご両親に、直也は頭を下げ続けた。

自分のせいです、自分がいなかったら圭太は死なずに済みました、本当にごめんなさい。死んで償《つぐな》います……って。

病院や警察の事情聴取、葬儀《そうぎ》なんかで何度も顔を合わせたけれど、今にも消え入りそうな声で謝り続ける直也を……あなたのご両親は一度も責めなかったわ。

小さくなって自宅に戻った圭太を前に、直也が頭を下げた時よ。

『顔を上げて。あなたは真っ当に生きようとしただけでしょう』

目に大粒の涙を溜めて、お母様が言ったの。

『圭太からよく話は聞いていたわ。仲良くしてる後輩がいるんだって。弟みたいに思ってるんだって』

直也と一緒にお宅にお邪魔していた私にもわかるほど眼差しは優しく、恨みなんかどこにも読み取れなかった。それは、隣に座っていらしたお父様も同じだった。

『自分と同じ方向に歩くことを選んでくれたことが嬉しい。もしまた道を見失った時は、全力で助けてやりたいんだって……あの子は、その言葉通りに行動したのよ』

頬を濡らしながら懸命に話すお母様の隣で、今度はお父様が口を開く。

『死んで償うなんて、馬鹿げたことを言うな。真木くん、君は圭太が命を懸けて守った存在なんだぞ』

『……っ』

『もちろん……圭太がいなくなってしまったことを受け入れられたわけじゃない。でも、私たちは君を恨んでいないし、今後恨むこともないだろう。それでも、私たちに申し訳ないと思うなら……圭太の死の原因が自分にあると思うなら。一生をかけて、圭太の思いに報いてくれ』

ふっと空気の震える気配がして、隣を見ると直也の頬を涙が伝っていた。

『精一杯生きなさい。君を大切に思っていた圭太の分まで、投げやりにならないで、希望を持って。それが、一番の償いになるから』

圭太が死んで、すべての感情を失っていた直也の瞳に、生気が戻った瞬間だった。

そして、お父様は私にも視線を向けてくれたわ。

『高倉さん。君も、自分を責めないでくれ。あの時、圭太ではなく警察に連絡していたらって……そう思ってるんだろう？』

ドキッとした。

『責めないでいい。君のせいでもない。通報なんて、現場を知らないで簡単に出来ることじゃない。だから、圭太は自分で行くと言ったんだ』

息が詰まるような感覚と共に目を見開いた私に、二人の視線は痛かった。チリチリ痛んで、堰が切れたように涙が溢れた。

大好きだった人が死んだ。ずっと傍にいたのに、これからもいたかったのに、もう、二度と会えない現実。

圭太はもう、この世界のどこを探してもいないんだ。好きというたった一言を伝えることさえ叶わないまま。

一旦その事実を飲み込んでしまえば、後はもう涙しか出てこなかった。

最愛の息子を失ったご両親の前で、私と直也はわんわん泣いてしまった。

全身の水分がなくなってしまうんじゃないかってくらい泣き続けて、最後には声も枯れた。

圭太のいない毎日は無情にもやってきて、私達は日常の中に引きずり戻された。

雪解けの春が来て新緑があたりを彩り始めた頃、直也から連絡が入った。

【大学には進学せずに、救助隊を目指そうと思う】

久しぶりの直也からの連絡は突拍子もない決意表明で、私は少し面食らった。

【この数ヶ月、色々考えたんだ。圭太の親はああ言ってくれたけど、やっぱり俺は、圭太を殺したのが自分じゃなかったとは思えない】

慎重に、言葉を選んで送られていることが伝わるメッセージ。

【これが償いになるなんて思ってない。けど、圭太にもらったこの命で誰かを助けられるなら、少しは生かされた意味になるんじゃないかって】

明るかったはずの未来は絶たれた。それでも、光を失った未来に意味を見出そうとして、考えて、考え抜いて、あいつは今の道を歩くことを決めたの。

あれから、もう七年になるのね。

高校を卒業して消防士になってからも、念願だった救助隊に入ってからも、直也は多くの人を救ってきたはずだけど、あいつはまだ自分自身を許してない。今もまだ暗闇の中でもがき苦しみながら、自分が生かされた意味を問い続けてるわ。

長くなってしまったけど、これがすべて。これが、私が知る二人の話。

冷タイ背中

ナオくんたちの話を聞いてから、一ヶ月。この一ヶ月、毎日ナオくんのことを考えていた。

親のしがらみから抜け出せずにもがき苦しみ、非行に走っていたナオくん。お兄ちゃんたちと出会い、同じ道を歩もうとした矢先、無情にも断たれてしまった明るい未来。

ナオくんは苦しんで、今もずっと苦しんで、人を救うために毎日頑張っていて。それでもなお自分を責め続けているナオくんに、お兄ちゃんの妹である私はどう向き合えばいいのかわからなくなっていた。

雨が降りしきる中、インターホンを押した。応答の後、扉が中から開けられる。

「おかえり、あーちゃん」

　私を出迎えてくれたのは、お父さんの弟である叔父さんだ。単身赴任中で、今は私たち家族の代わりに実家に住んでくれている。

「ごめんね、いきなり連絡して」

「ここは今でも茜ちゃんの実家だから。いつでも帰ってきてね」

　中に入り、リビングで仕事をするという叔父さんと分かれて階段を昇る。二階の廊下の突き当り、見慣れた茶色いドアには〝にいにのおへや〟と幼い頃に私が書いたプレートが今も掛けられたままだ。

　一つ深呼吸をして、ドアノブに手をかける。扉を開くと懐かしい香りに包まれて、鼻の奥がツンとした。

　閉め切られたままのカーテンを開けると、雨が激しく窓を打っていて、水がガラスの外側を滝のように流れていく。

　久しぶりに入ったお兄ちゃんの部屋は、あの頃と変わらずそこにあった。生きていた頃のまま、この部屋の時間は止まっている。

「色々漁《あさ》るけど許してね」

今日私が実家を訪れた目的は、私の知らないお兄ちゃんのことを知るためだった。考えがまとまらずに行き詰まった私は、お兄ちゃんが残したものの中に何かヒントがあるんじゃないかって思ったんだ。

いないことを突きつけられるような気がして、いつからか遠ざかっていた部屋。だけど、何番目かに開けた引き出しの中には昔、私が書いた似顔絵やビーズで作ってプレゼントしたペンダントが保管されていて、優しい記憶ばかりが蘇る。

ふと顔を上げた時、机の棚に並べられた本の中に、少し色の違う背表紙が目についた。

「これは……アルバム？」

何気なくそれを手に取ると、その拍子に一枚の紙が落ちた。慌てて拾うと、それは見覚えのある写真だった。

ナオくんの家で見た、あの一枚。

「……いい写真だなぁ」

ぽつりとこぼして引き出しの開閉に戻ると、随分古い機種のスマートフォンが出てきた。もちろん充電は切れていて電源はつかなかったけど、一緒にしまわれていた充電器に挿してみると、端末は問題なく起動した。

ロックはかかっていなかったので操作してみると、データはすべて残っているようだった。ホーム画面に見慣れたメッセージアプリのアイコンを見つけて、開いてみる。

様々な人からメッセージが届いていて、トークの一覧を見ただけでもお兄ちゃんの死を悼《いた》む文言で溢れ返っていた。

大量の未読トークをスクロールした先、既読したメッセージの一番上に、見知った名前を見つける。アイコンが設定されてない、真木直也ってアカウント。

「……ごめん、見るね」

空虚に断りを入れてからトークを開くと、目に飛び込んできたやり取りはお兄ちゃんで終わっていた。

【すぐ行くから、待ってろ】

日にちも、恐らく時間的にも……あの日のものだ。

何もなく、ただの取り越し苦労であることを願いながら、お兄ちゃんはこのメッセージを送ったんだろうな。

大切にしてくれていた私を置いて家を飛び出して……お兄ちゃんは本当に、ナオくんのことも大切だったんだろう。

慣れた手つきでトークをスクロールしていく。と、上の方に気になる会話を見つけた。

【ホワイトデーに妹に渡すって言ってた、アルバムだっけ？　完成したのかよ】

左側から伸びる吹き出しに、妹というワードがあって手を止めた。

【何とか。ボロボロだけどな】

【ふーん。妹大事にすんのもいいけど、本命に対しても頑張れよ。明後日、会う約束したんだろ？】

会話に目を通し、私は言葉を失った。ホワイトデーに、妹に渡すアルバム……？

「っ探さなきゃ……！」

スマホを投げ出して、引き出しや本棚に視線を巡らせる。まだ見てないところは、この棚と、クローゼットと……！

ナオくんに繋がるものだけじゃなく、自分への何かが見つかるかもしれないだなんて思ってなかった。京香さんも何も言ってなかったってことは……。

「ナオくんだけが存在を知ってたもの……っ」

何が何でも見つけなきゃ。大好きだったお兄ちゃんが、私に遺《のこ》してくれたもの。

必死に探し、それらしきものはクローゼットの奥で見つけた。お兄ちゃんには似つかわしくない、淡いピンク色の表紙。それは、私を中心に家族の写真が貼られた、仕掛けつきのアルバムだった。

「これ……お兄ちゃんが作ったの……？」

仕掛けは、確かに綺麗とは言えない。でも、大学生の男の人が妹に向けて作るには、十分すぎるクオリティだった。

頑張ってがんばって作って、当日まで私にバレないように、クローゼットの中に大切にしまい込んであったのかな。

震える指でページをめくり、辿りついた最後のページには、プレゼントボックスの仕掛けが施されていた。

中には便箋《びんせん》が入っていて、懐かしい字が目に飛び込んでくる。

【茜へ。

バレンタインのお返しにアルバムを作ってみたよ。友だちにはたん生日でもないのにおかしいだろって言われたんだけど、こういうのがあるって知ったら作ってみたくなっちゃって。びっくりしてくれてたら嬉しいなぁ。

せっかく作ったから、兄ちゃんがさいきんすごく大切だと思うことを伝えておこうと思います。

それは、自分の見たものをしんじる大切さ。

友だちのことで、ほかの子から何かきいたりすることってあるだろ？　いいことも、時にはわるいことも。

それが本当かどうかたしかめることができないなら、いいことはそのましんじてもいいと思う。でもそれがよくないことなら、ぜったいにしんじちゃダメだ。

ほかの人の気持ちに引っぱられてほかの人をわるく思うことほど、バカなことなんてないよ。

どれだけまわりがわるく言ってたって、じぶんの目で見るまではうたがって。かわりに、自分の目で見たものは、ちゃんとしんじて。

兄ちゃんはさっき言った友だちと仲よくなった時、その大切さに気付いたんだ。

茜にはまだちょっとむずかしいかもしれないけど、いつかわかってくれたらうれしいなぁ。

毎年、おいしいチョコレートをありがとう。またゆっくりあそぼうな。

兄ちゃんより】

涙がぼろぼろ溢れて、止まらなかった。お兄ちゃんはいつだって、どこにいたって、私の指針になってくれる。

「自分の目で見たものを、信じる」

ありがとう。お兄ちゃんのおかげで、ようやく答えが出たよ。

ねぇナオくん。

どういう巡り合わせかはわかんないけど、私たちはきっと出会うべくして出会ったんだよ。私たちの出会いには、きっと意味があったんだよ。

私はその答えを知りたい。知ることが出来なくても、答えを探す努力はしたい。

だからもう、追いかけっこは止めにしよう？

久しぶりに向かい合った彼は、目を大きく見開いて私を瞳に映した。

「なんで、ここに……」

突然の私の登場にひどく狼狽《ろうばい》したナオくんの背後には、以前教えてくれた勤務先の消防署がある。

「ごめんね、仕事終わりに。職場に押しかけるなんて非常識だとは思ったんだけど、でも、どうしてもナオくんに会いたくて」

ナオくんってば、大人なんだから上手く隠してよ。俺は話したくない、逃げ出したいって、顔に書いてる。

「近くに公園があるから……話すなら、そこで」

観念したように短く息を吐いて、ナオくんが先を歩き出した。その背中を慌てて追う。

梅雨真っ只中の空は、今日もどんよりと重い。今にも泣き出しそうな雲は手が届きそうなくらい低くて、公園に人の姿はなかった。

ナオくんに連れられるまま公園の四阿《あずまや》に辿り着く。ベンチに座って数瞬の間を挟み、口火を切ったのはナオくんだった。

「……京香から聞いた。全部話したって。……悪かったな、ずっと連絡無視してて」

「うん」

「お前が圭太の妹だって気付いてからもずっと黙ってたことも……悪かった」

「……うん」

ナオくんの声で紡がれるお兄ちゃんの名前は、少しだけ、私の知らない世界に触れさせてくれたように感じた。

「ナオくんは……今でもお兄ちゃんを死なせたのが自分だって思ってるの？」

「思ってるも何も、それが事実だからな。俺と関わってなかったら、圭太は死なずに済んだ」

「お兄ちゃんを殺したって十字架《じゅうじか》を背負って、ずっと生きてくの？」

「あぁ、そうだ。そうあるべきだと思うし、そうでないと生きていけない」

右隣に座るナオくんの方を振り向くけど、ナオくんは決してこちらを見ようとはしなかった。

「……ナオくん、」

「やめてくれよ、そんなことあいつは望んでない、とか言うの」

そんなこと言わない。言えないよ。ナオくんの苦しみを何も知らない私が、否定なんて出来ない。

だけど。

「お兄ちゃんが……教えてくれたの。自分を、自分が見たものを信じる大切さを」

七年の時を経て、私に届けてくれたメッセージ。

「だから私は、頑張って生きてる今のナオくんの姿を信じる」

十字架を背負って、人のために懸命に生きるあなたを。あなたが背負う過去を理解して、これからの道を歩いていきたい。

そう思ったから、私はナオくんに会いに来た。それなのに——どうして目を逸らすの。

「……悪いな、茜」

望むものとは真逆の言葉を放ったナオくんは、おもむろに立ち上がる。見上げた背は高く、手を伸ばしてもその背中には届かない。

「茜が俺のことをどう思ってくれてても、俺にはそれを受け止める強さなんかねぇんだ」

嫌だ、いやだ。

「お前が何も知らない頃は、まだ平気でいられたんだ……ただの隣人として接することが出来たから」

でも、とナオくんの絞り出すような声が鼓膜を震わせる。

「お前の中で俺と圭太が繋がった時、自分でもびっくりするくらい……怖かったんだ」

ぽつぽつと四阿の屋根を雨が濡らし始める。外に広がる灰色の背景にナオくんが同化して、輪郭《りんかく》さえもよく見えない。

「最低だって、自分でも思うわ。騙《だま》されて一番傷ついたのはお前で、俺が被害者ヅラなんてする資格ないこともわかってる」

「ナオく、」

「わかってんのに……ごめん。やっぱり俺は、俺の向こうに圭太が見え隠れする状況に耐えられない。俺がお前の兄貴を死なせたことを、何度だって突きつけられるようで」

ナオくんの声は、雨音に混じって震えていた。

「情けなくて、弱くて……こんな最低なやつが、覚悟もねぇくせに圭太の忘れ形見の傍にいちゃダメだったんだよ」

そんなことない。そう言いたいのに、喉が熱くて声が出ない。

「ごめんな、茜。俺、もうあのマンションから出てくから。もう二度と、お前の前にも現れねぇようにするから」

嫌だよ、行かないで。そんなことしたら、ほんとにもう会えなくなるのに。

「こんな俺のこと、信じるって言ってくれてありがとな。……元気で」

行かないで。嫌だ、傍にいて。そう思ったって、言葉は何一つ声にならない。

そして、大好きな人の背中は、冷たい世界に融けていった。

冷メナイ熱

「テスト乗り切ったご褒美に、糖分摂取しに行こう」

テスト期間最終日、最後のテストを受け終わるなり私の元にやってきたのは真帆と近藤で、向けられたスマホの画面にはスイーツバイキングのＳＮＳアカウントが表示されていたのだった。

真帆の案内で行き着いたのは、ビルの中にテナントが入っているお店だった。それぞれの前に置かれたお皿には、いっぱいのスイーツが載っている。

「こんなに近くにこんなお店があったの、知らなかった」

「最近出来たらしいよ。初めて来たけど、美味しいね」

「全制覇しねーと」

二人が私を気遣って誘ってくれたことには気が付いていた。

あれから、ナオくんには会っていない。ガレージには変わらず車が置かれていたからまだあのマンションにはいるようだけど、姿を見かけることはなかった。

学校にいる間は気が紛れて考えずに済んでいるけれど、一人家にいる時、ふとした瞬間に彼の姿が頭に浮かんで切なかった。

「ふぅ。私、お手洗い行ってくるね」

たくさんのスイーツを平らげた後。大きいお腹を抱える二人に言い置いて、一旦お店を出る。八階建てのこのビルには全フロアにトイレはなく、私がいる六階からは七階に行くのが最も近そうだった。

七階のトイレで用を済ませ、洗った手をハンカチで拭いていた時だった。

――ジリリリリリリリリリリリリリリ……。

耳をつんざくような、けたたましいベルの音が鳴り響いた。慌ててトイレを飛び出すと、エレベーターホールには複数の人がいた。

「逃げろ、火事だ！　上の階で火が上がってる！」

空気を切り裂くような緊迫した声は、エレベーターホール横の階段から現れた男の人によるものだった。その人の後ろで、何人もの人が階段を降りていくのが見える。

火事……？　嘘でしょ、逃げなきゃ。

周りの人の流れに乗って階段を降りていく。他のフロアの人たちも押し寄せた階段は、混雑していた。

二人はもう逃げたかな。これだけの騒ぎだし、大丈夫だよね……？

「マイのうさちゃん～～～！」

あどけない声が階段に響いたのは、二階と三階の間の踊り場を過ぎた時だった。

思わず足を止めて振り返ると、階段の踊り場で小さな女の子が目に大粒の涙を溜めて、母親らしき女性の腕を引っ張っていた。

「今は取りに戻れないのよ、早く逃げなきゃ……！」

「なんで～！　ぱぱからもらったうさちゃんなのに～～～！」

遂には泣き出してしまった女の子に、お母さんはとても困った様子。スルーすることが出来ず、思わず声をかけてしまう。

「あの、大丈夫ですか？」

「えっ……あっ、ごめんなさい！　こんな時に……！」

私の声かけに、女性は申し訳なさそうに眉を下げた。

「避難の途中で、持っていたぬいぐるみを落としたみたいで。単身赴任で海外にいる父親から貰ったものだから、この子、すごく大切にしてたんですけど……」

「ぱぱがくれたの～～～！」

「大事なのはわかるけど、今は逃げなきゃいけないのよ！　ここで無事じゃなかったら、パパにももう会えないのよ……!?」

お母さんは必死に女の子の腕を引くけれど、まだ幼い女の子はこの世の終わりを迎えたように泣いて地面にしゃがみ込んでいる。

……そうだよね。この頃はお父さんとかお母さんとか、そういう身近な人が世界のすべてだった。私もそうだったから、わかるよ。

「うさちゃん、お姉ちゃんが助けてきてあげるよ」

「ほんとう!?」

「うん。でもね、今こわーいオオカミが近くまで来てるの。だから、マイちゃんはママと一緒にお外に逃げててくれる？」

私が言うと、女の子は目に涙を浮かべたまま、それでも満面の笑みで大きく頷いた。

「な、何言ってるんですか⁉　あなたも逃げなきゃ……！」

「まだ煙も火も迫ってきてないし、危なそうだったらすぐ引き返すので。ここでみんなが立ち止まってるよりいいはずです」

また後でね、と女の子の頭を撫でて、降りてきた階段を戻る。避難が済んだのか、周りに人影はなかった。

階段を駆け上がり、ぬいぐるみを探す。

「あっ……！」

首元にピンクのリボンをつけたうさぎのぬいぐるみは、階段の途中で無造作に転がっていた。無事見つかったことにほっと胸を撫で下ろし、それを拾って抱きかかえる。

あとは逃げるだけだ。そう思って顔を上げ、ハッとした。上の階から降りてきた煙が、あたり一帯をうっすらと霞ませている。

「早く行かなきゃ……っ」

ポケットに突っ込んでいたハンカチを口元に当て、姿勢を低くして階段を駆け降りる。

視界が悪い。早く逃げなきゃ。ここで私が倒れたら、あの女の子に深い傷を負わせちゃうかもしれない。あの子のお母さんに罪悪感を抱かせてしまうかもしれない。お父さんとお母さんにだって心配かけちゃう。

そんなの絶対、ダメだ。ダメ、なのに――。

「ッげほっ……」

ハンカチの隙間から煙を吸い込んでしまった。慌ててハンカチを押さえつけたけれど、喉の奥の方が気持ち悪い。

とにかく早く降りなきゃ。地上までは後もう少し。喉はまだ気持ち悪いし、なんだか頭も痛くなってきたけど……。

「あともうちょっ――」

踊り場に足を伸ばした瞬間、目の前の景色がぐにゃりと歪む。

あ、あれ……？

抱えたぬいぐるみを持つ手にぎゅっと力を込めた瞬間、

「――茜ッ！」

愛しい声に名前を呼ばれた気がした。

一筋の光が真っ暗闇に差し込む。眩しさに顔をひそめながらもまぶたを持ち上げると、白い光が視界を埋め尽くした。

ここ、は……？

白い蛍光灯に白い天井。視界の端に映るのは薄いブルーのカーテン。そして、右手に感じるのは……。

「……え……？」

思いがけない光景に、思わず声が漏れる。意識とは裏腹に持ち上げられた手。それを包み込む体温。その正体は……。

「茜……？」

ベッドに肘《ひじ》をつき、私の手を額に当てがっていた人物が、弾かれたように顔を上げる。

なんで。うそ、どうして。私は、都合のいい夢を見てるの？

「ナオ、く……」

びっくりして、状況を顧《かえり》みず体を起こした私を、今度は大きなぬくもりが包み込んだ。

あちこちから伝わる体温が、回される腕の強さが、これが夢ではないことを教えてくれる。

「なん、で……」

「なんでじゃねぇよバカ！」

耳元で響く懐かしい声は、怒っているようにも、泣いているようにも聞こえた。

「倒れてるお前を見つけた時、心臓止まるかと思ったんだぞ……！」

……あぁ、そっか。ナオくんに抱き締められたまま視線を彷徨わせて、ようやく自分が置かれた状況を理解する。

逃げる途中で気絶しちゃったのか。それで……。

「ナオくんが、助けてくれたんだ……」

肩越しに見るナオくんは、直接見るのは初めての、オレンジ色の制服姿。微かに香るのは、大好きで懐かしいあの日の香り。

「お前ら兄妹《きょうだい》はなんでこう、他人のために自分の命を危険にさらすかな」

「あ、あは……。私に関しては、カッコつけたくせにこうして助けてもらっちゃって……」

「ほんとだよ。どんな事情があっても、火災現場に戻るとかありえねぇっつの」

「ご、ごめんなさい……」

言葉の語気が強くなっても、ナオくんは私を抱き締めたまま。痛いくらいの力で抱き締められて、心が早鐘《はやがね》を打つ。

もう二度と、会うことは叶わないんじゃないかと思っていた人。私の大好きな人。

「目の前が真っ暗になった。現場に到着して、お前の友達から茜が見当たらないって聞いた時も……子どものためにお前が避難経路を戻ったって聞いた時も」

「ナオく……」

「ビルに進入して、階段で倒れてるお前を見つけて……情けないくらい、指先が震えた。救助隊員失格だよな」

自嘲気味《じちょうぎみ》な声が私の耳元で鼓膜を振るわせる。

違うよナオくん。私が無鉄砲《むてっぽう》だったから。私が無駄に心配かけちゃったから……。

「……ずっと、怖かった。圭太を死なせた事実を痛感させられることが。兄貴を死なせた男として、茜と関わる勇気もなかった」

「っそんなこと——」

「でも。目を覚まさない茜の顔を見て、わかったんだ」

反駁しようとした私の声を遮って、ナオくんが言う。

「今の俺には、お前を失《な》くすことが何よりも怖い」

絞り出したような細い声は微かに震えていて、腕に込められる力はより一層強くなった。

私の肩に顔を埋めるナオくんの表情は、ずっと見えないまま。今、どんな顔してるの？

私はあなたよりコドモで、こんなの初めてだからわかんないよ。今の言葉を、どう受け止めたらいいの？　素直に受け取ってもいいの？

ずっと握っていてくれた手を、あなたの背中に回してもいい……？

「っ……！」

恐る恐る、両手がナオくんのぬくもりを掴んだ瞬間、ダムが決壊したみたいに涙が溢れて止まらなくなった。こぼれてもこぼれても波は次々に押し寄せて、私から視界を奪っていく。

「都合いいことを言ってることはわかってる。お前を避け続けた俺に、こんなこと願う資格があるかもわからねぇ。でも、こんな思いをするくらいなら……〝今〟から逃げて、お前を失ってしまうくらいなら。死んだ兄貴の友達としてじゃなく、一人の男として――お前の傍にいたい」

二度と会えないんじゃないかと思った。

今を生きながら過去を見つめていたナオくんは、未来を生きてほしいと願う私の手を取ってはくれなかった。ナオくんにとって過去は絶対で、その過去の傷を抉《えぐ》る私は、ナオくんにとってナイフだった。ナオくんの絶望を思い起こさせるトリガーだった。

だから、もう、会えないと。

「ナ……く……っ」

喉の奥がひくついて、うまく声が出てこない。

言いたいことがたくさんあるの。聞きたいことがたくさんあったはずなの。

なのに、いざナオくんを目の前にすると、上手に言葉にできないね。

「さびしかった。……さびしかった、さびしかったさびしかった……っ」

降り始めた雨のように、感情が次々に溢れてくる。

「ナオくんのバカ。となりに住んでるはずなのに会えないし、連絡くれないし、もう二度と現れないとか言うし……っ」

「……うん。ごめん」

「かなしかった。だいすきなのに会えないの、くるしかったよ……！」

重ねた時間以上に好きになっていたあなたのこと。色々課題はあるのかもしれない。けど、この気持ちさえあれば、あなたを選ぶことが間違いになることはない。

「すき……っ」

初めて伝える思いの丈《たけ》は、緊張よりも先に、口を衝いて出た。

「ナオくんのこと……男の人として、すきだよ。ナオくんも同じ気持ちでいてくれてるって、信じてもいいの……？」

力強く私を包み込んでいたナオくんの体温が、解けてゆっくりと離れていく。近距離で視線が絡んで、ナオくんはくしゃっと笑った。

「絶対にありえないと思ってたのにな。……今はもう、お前しか考えらんねぇや」

こつんとぶつけられたおでこ。私の腕に添えられた手は、もう震えてはいない。

きっと、大丈夫。過去を大事にして、私達は未来を歩いていける。一点の曇《くも》りもなく、そう信じられる。

「お前が思っているよりずっと、俺はお前のことが好きだよ」

遂には声をあげて泣き出してしまった私にナオくんは困ったように笑って、それからまた私を抱き寄せた。

揺ルガナイ希望

「本当に、心から反省してください」

語気を強めてそう言ったのは、今朝の便で帰国したお母さんだ。その隣には、眉間に皺を寄せて難しい顔をしているお父さんの姿もある。

「はい……。ごめんなさい」

真帆からの連絡で日本行きの便に飛び乗った二人を前に、私は小さくなることしか出来なかった。

「でもまぁ……無事でよかったわよ。検査結果でも異常なかったみたいだし」

昨日、目を覚ましてからたくさんの検査を受けた。そして一夜明け、結果に異常がなかったために退院を認められたのだった。

ぬいぐるみは無事に女の子の元に返ったと、朝一番にナオくんからのメッセージで知った。

お説教の後、リビングで団らんしてるところにインターホンの音が鳴り響いた。

お母さんが立ち上がろうとして、慌てて制す。

「私が出る。待ってて」

足早に玄関へと向かい扉を開けると、黒いポロシャツを着たナオくんが立っていた。

「お仕事お疲れ様。珍しいね、ポロシャツなんて」

「俺としてはスーツで来たかったんだけど」

「スーツはやめてって昨日言ったじゃん」

緊張気味のナオくんを四〇四号室へ招き入れる。リビングの扉を開けるとお父さんとお母さんの視線がこちらに向いて、――その瞳がナオくんの姿を捉えた。

「君は……」

ナオくんはリビングに足を踏み入れるなり腰を折り曲げて、深々と頭を下げた。

「紹介するね。隣の部屋に住んでる、真木直也さん」

「真木です。ご無沙汰してます」

「近くの消防署で救助隊員をしてて、今回の火災現場から私を助けてくれた人なの。他にも、前から色々と助けてもらったりもしてて。私の恩人で……私の、好きな人」

私の言葉を、二人は静かに聞いていた。

「突然お邪魔して……驚かせてしまって申し訳ありません。今日は、お二人にお話があってお邪魔させていただきました。久々の家族の時間だということは承知しているのですが……少しだけ、聞いていただけませんか」

お父さんとお母さんは少しだけ驚いた顔をして、それから私たちを座らせた。

「単刀直入に言わせていただきます。──茜さんと僕の交際を、認めていただけませんでしょうか」

絶妙な緊張感の中、いつになく真剣な表情でナオくんが切り出す。

「圭太を……お二人の大切な息子さんを死なせた僕に、こんなお願いをする資格なんてないことはわかってます。本来であれば、出会うべきでなかったんだろうとも思います」

でも、とナオくんの言葉は続く。

「ただの隣人として関わっていた時間も、彼女が圭太の妹だと知ってからの時間も、いつしかかけがえのないものになっていて。絶対に失いたくない、たった一人を守りたいって……初めて、心の底から思ったんです」

昨日、想いが通じ合ってから、これからのことを話した。

その中で、ナオくんは真っ先に私の両親への挨拶を願い出た。自分を責めないでいてくれた二人に不義理なことはしたくないんだって、強い口調で言ってくれた。

この時の意思の堅さが、言葉の端々から感じ取れる。

「もちろん、大人としての分別はわきまえるつもりです。お二人に顔向け出来ないことは絶対にしません。ただ——圭太の宝物だった茜さんの傍にいて、僕のすべてを懸けて守ることを、許していただけませんか」

おでこがくっついちゃうんじゃないかって思うくらい、ナオくんは深く深く頭を下げた。彼の言葉は一から十まで揺るぎなくどこまでも真っ直ぐで、鼻の奥がツンとした。

「あのね、お父さん、お母さん。私、全部聞いたの。お兄ちゃんが亡くなった時のこと」

京香さんから聞くまで、私はお兄ちゃんがどんなふうに息を引き取ったのか、知らなかった。私が傷つかないように、間違っても怒りの感情を抱かないように、二人が色んな情報から守り続けてくれたのだと思う。

「悲しかったし、苦しかった。でも私も、ナオくんが悪いとは思わなかった」

お兄ちゃんの行動は、信じた道は、間違ってなかった。そう、迷うことなく言えるよ。

「去年、このマンションに引っ越してきて、隣に住むナオくんに出会って。すごく頼りになるところとか、人のために命を懸けて仕事に取り組むところとか、本当に尊敬してて」

「茜……」

「たくさん悩んで苦しんで、今のナオくんになった。そんなナオくんのことを、私は好きになったの。だから……ナオくんの傍にいることを、許してください」

ナオくんに負けないくらい頭を下げて、希《こいねが》う。切なる願いは、たった一つだ。

「……二人とも、顔を上げなさい」

静かな部屋に、静かな低音が響く。促されておずおずと顔を上げると、難しい顔をしたお父さんと目が合った。

「すぐに戻るから、ちょっと待ってなさい」

深く息を吐いた後、お父さんが席を立つ。扉に歩み寄ったかと思えば部屋を出ていき、玄関が開く音がして……。

えぇぇぇぇ⁉　家、出て行っちゃった⁉

予想外の事態に軽くパニックに陥《おちい》るものの、待っていなさいと言われているので下手に動けない。ちらりと横を盗み見るとナオくんも困惑した様子で、しかしお母さんは気に留める様子もなく呑気にお茶をすすっていた。

少しして、再び玄関が開く音がした。

「待たせて悪かったね」

詫《わ》びを入れつつリビングに戻ってきたお父さん。その後ろには、もう一つの人影があった。

「あ……っ！」

「え……っ？」

その人の姿がはっきり見えたのと同時に、ナオくんと私の声が重なった。白髪交じりの、優しい雰囲気を持ったおじいさん。

この人は――。

「大家さん⁉」

「先生⁉」

……え？

再度重なった声。だけど、ナオくんが発したのは予想外の単語だった。

お父さんが連れてきたのはこのマンションの大家さんで、お父さんの高校時代の恩師のはずで。だけど……ナオくんも今、先生って言った？

「なんで、先生がここに……？」

ナオくんの視線がお父さんと大家さんとの間を行き来する。状況を飲み込めていないのは同じなのに、中身がまるで違った。

「種明かしをするために呼ばれたんだ」

「まずはお掛けください、先生」

お父さんに促され、大家さんがソファに腰掛ける。

「先生、って……」

困惑を隠せないでいるナオくんに、大家さんは緩やかに口角を持ち上げた。

「君と同じように、彼は僕のかつての教え子なんだ。真木くんの時は定年退職した後で、あの頃は非常勤講師だったけど」

君と同じように……ってことは、ナオくんも大家さんが教師だった頃の教え子だったってこと……？

飄々とした態度の大家さんを前に、私とナオくんは口をあんぐり開けて、ただ話を聞くしかできない。

「お父さんも、何か知ってるの……？」

頭がぐちゃぐちゃのまま視線を投げると、お父さんが小さく笑って顎を引いた。

「隣に住んでるのが真木くんだってことも、真木くんが救助隊員として頑張ってることも、知ってたよ」

「え……」

詰まったような声を漏らしたナオくんの目が大きく見開かれた。

「圭太が亡くなった後、君のことがずっと気掛かりだったんだ。君の家庭事情は何となく耳にしていたから、余計にね」

だから、とお父さんの言葉は続く。

「君がどう過ごしているかを知りたくて、先生に連絡をとってみたんだ。先生があの学校に勤めていることは知ってたから」

「色々な噂がある学年トップの秀才だってことは知っていたから、元々気になってはいたんだ。三年生になって少し雰囲気が変わったなと思っていたところに御山くんから連絡が来て、その理由を知ったよ」

それから、大家さんはナオくんに声を掛けるようになり、会えば言葉を交わすくらいの関係になったところで、ナオくんの希望進路を知ったという。

「反対されるかもって、ほんとは言いたくなかったけど」

言いたくなかったって……？　ふとナオくんの横顔を見上げると、ナオくんは視線をこちらによこして眉を下げた。

「ほら俺、曲がりなりにも成績学年トップだったから。大学に進学せずに消防士を目指すって担任に伝えたら、すげー怒られたんだよ。何考えてんだって」

「そんな……」

「まぁ、学校としても実績残したいだろうし、あの時の担任の気持ちがわからんでもないけどな」

ナオくんは飄々と言うけれど、自分の決めた道を否定されるのは辛かっただろうな……。

「親や他の教師が味方になってくれない中で、先生だけは本当に親身になってくれた。高校卒業と同時に親に勘当《かんどう》されたけど、特に不自由なかったのも先生が助けてくれたからで」

親に勘当されていたなんて、初めて聞いた。

大切な人が親に突き放されてしまっていたことがショックだけど、今それ以上に、大家さんがいてくれてよかったと思っている。

「このマンションに住むことになったのだって、寮を出ようと思ってるって先生に相談したからだし……」

「ちょ……ちょっと待って。私も、大家さんがお父さんの知り合いだったからこのマンションに住むことになったんだよ」

私とナオくんは目を合わせて、ほぼ同じタイミングで息を呑む。

お父さんと大家さんは知り合いで、大家さんはナオくんのことも知っていて。

私たちが果たした、一年前の出会い。あれは、まさか。

「茜が真木くんの隣に住むことになったのは、俺たちと先生でそう決めたからだ」

腕を組んだまま、少しだけお母さんに視線を投げたお父さんが、静かに真相を告げた。

「ど、どういう……！」

「二人の出会いが、それぞれの人生を生きるきっかけになればいいなと思ったのよ」

思わず大きくなった声に、応えたのはお母さんだった。

「真木くんの様子は、先生から時折伺っていたわ。高校を卒業してからの頑張りは、私たちにとっても誇《ほこ》らしかった」

ベランダの外はもう群青色が大部分を占めて、もうすぐ街を飲み込もうとしている。

「でも、圭太が亡くなったことに責任を感じて苦しみ続けていることも聞いていて、もどかしさも感じてた」

「それは……」

「責めているわけじゃないのよ。私たちの大事な圭太をそこまで思ってくれていることは、本当に嬉しいの。だけど、あなたはまだ若くて、これからうんと長い時間を生きていく。そのすべてを、罪悪感で満たす必要はないのよ」

目の横に浅い皺を刻んで、お母さんが柔らかく微笑む。その笑みに、娘ながら、妹ながら、面影が重なった。

「あの時、主人も言ってたでしょう。希望を持って、って。圭太の死を背負ってもいいけれど、その分、自分の時間を生きて。幸せになって。私たちの願いは、変わらず圭太と同じよ」

すぐ隣で、空気の震える気配がした。私は前を向いたまま、視線は投げない。

ナオくんはかっこつけだってこと知ってるから。その雫を私に見られるのは、本意じゃないでしょう？

お兄ちゃんと出会うまでのナオくんは、自由じゃなかった。

レールを敷いて、その上を歩かせようとする大人ばかりだった。レールの上は、ナオくんにとって幸せじゃなかったのに。

でも今、ここにはナオくんを思う大人が三人もいて、ナオくんの幸せを心から願っている。

「って……なんで、私まで……？」

さっきのお母さんの言葉。あれには確実に、私のことが含まれていた。

困惑する私の問いに、今度はお父さんが応えた。

「俺たちが気付いていないと思っていたか？」

静かな声が、胸の奥の、更に奥の方をずどんと刺す。あまりに深くて、自分自身ではその場所を確認することができないけれど、確かに痛む部分がある。私はその傷に、覚えがある。

「家族に対しては人一倍甘えん坊だったのに、圭太がいなくなってからは成長以上に大人びて振る舞うようになった。それは……圭太の分までしっかりしなきゃと、背負い込んだからだろう？」

——私がお兄ちゃんの分まで、しっかりしなきゃ。

お兄ちゃんがいなくなった後、扉の向こうから何度も聞こえた二人の嗚咽《おえつ》にそう誓って、〝妹〟だった私を封印した。

気付いて……たんだ……。

「たとえ俺たちが指摘しても、茜は絶対に認めないだろうと思った。もはや染み付いた振る舞いがうまく隠してしまうんだろうって。どうしたものかと考え続けていた時……海外赴任が決まった」

心臓がどくどくと跳ねている。自分でも気付かぬうちに硬くなっていた仮面を、容赦なく剥がされているかのような感覚。

「一人暮らしをさせると決まったタイミングで先生に連絡して、三人で話し合って決めたんだ。二人を引き合わせる機会を作ってみようと。……まぁ、たかだか隣人になるだけだし、関わりを持つことになるかどうかはわからなかったが」

「同じ傷を持つ茜と真木くんが出会うことで、二人の何かが変わればいいなって、希望と期待を込めてね」

今よりも幼い頃に被った仮面を、ずっと、ずっと、ずーっと被ってたら、本物になると思ってた。

いつか、ナオくんに言ったことがある。自分の足で立っていられる人間になりたいんだって。

それが強がりだって、二人にはとっくに見抜かれていたんだ……。

「そんなこんなで、真木くんが引っ越したいって言ったのを許さなかったんだ。ま、職権濫用《らんよう》といえばそれまでだけど」

「……なるほど。やっと腑に落ちました」

ナオくんが苦笑いを浮かべながら息を吐く。今もなおナオくんが四〇三号室の住人なのは、なるほど、そういった背景があったんだ。

「結果として、二人を引き合わせたことは正解だったね。僕たちが想像もしなかった形で出会って、僕たちが想像もしなかった形で圭太くんの死を乗り越えてくれた。まぁ……御山くんにとっては、ちょっと予想外すぎる展開になったと思うけど」

悪戯《いたずら》な笑みを浮かべた大家さんに、今度はお父さんが槍玉に挙げられる。首を捻って振り返ると、お父さんは少し居心地悪そうに顔をしかめていた。

きょとんとする私に、お母さんが耳打ち。

「娘を他の男性にやるのは、父親として素直に喜べないものよ」

あ、あぁ、そういう……。改めて自分が今置かれている状況を認識して、顔がカッと熱くなった。

ゴホン、とひとつ咳払いをして、お父さんが私たちに向き直る。

「大人と高校生だという立場を理解して、節度を守るなら反対はしない。お互いに誠実に向き合うこと。絶対に不義理なことはしないでくれ」

「はい」

お父さんの真剣な眼差しに、ナオくんもまた、真剣な眼差しで返した。ふっと、凝り固まっていたお父さんの表情筋が緩む。

「真木くん。茜のこと、頼んだよ」

「はい」

はっきりと言い切ったナオくんの横顔に迷いなどなく、真摯《しんし》に前を見つめている。

その端正な横顔に思った。

私、やっぱり、ナオくんを好きになってよかった。

消エナイ未来

年が明け、吉報《きっぽう》が届いたのは三月上旬のことだった。

「いやー、よかったわねぇ！」

車の中に京香さんの明るい声が響く。

「乗り込んで早々うるせぇ……」

「何よぉ。おめでたいことなんだから、こっちだってテンション上がるに決まってんでしょ？」

ナオくんへの反撃もそこそこに、後部座席から京香さんが顔を覗かせる。

「改めて……第一志望の大学合格おめでとう、茜ちゃん！」

「えへへ、ありがとうございます」

大学入試の合格発表があったのは、つい三日前のこと。毎日受験勉強に励んでいた私は、無事に第一志望だった大学の合格を勝ち取ることが出来たのだった。

「急に誘ったにもかかわらず、来てくださってありがとうございます」

「いえいえ。仕事が落ち着いた頃合いだったから、ちょうどよかったよ」

一時間半ほど車に揺られ、小高い山のてっぺんで降りる。三月の冷たい風が、容赦なく肌を刺した。

今日はナオくんの誘いで、お兄ちゃんのお墓参りに来ている。私の受験が終わったら合格報告に連れて行こうと、前々から考えていてくれたらしい。

お墓参りに来るのは、受験勉強が本格化する前の夏以来だ。あの時はナオくんと二人で、墓前に手を合わせて交際の報告をしたっけ。

「お待たせ。寒いな、やっぱ」

水の入ったバケツを持って、ナオくんが遅れてやって来た。

「ありがと。冷たかったでしょ」

「指先凍るかと思った」

「カイロ持ってるよ。いる？」

「ん、ちょーだい」

バケツを地面に置いたナオくんに、ポケットの中のカイロを手渡す。と。

「……なにニヤけてんだ」

眉間に皺を寄せたナオくんの視線が、私の背後に投げられた。振り返ると、確かにそこには口元を緩ませた京香さんが。

「いやー？　すっかりお似合いの二人だなぁと思って」

からかい口調の京香さんに、ナオくんの表情は更に渋くなる。

「やめろよ。圭太の前でそんなこと言ったら殺されるだろ、俺が」

あまりに真剣にナオくんが言うので、私と京香さんは声をあげて笑った。穏やかな時間だった。

お墓参りの後に道中のファミレスでご飯を済ませ、隣町まで戻ってきた車は、大通りに面したコンビニの駐車場に入った。

「悪い、ちょっと休憩させてくれ」

「悪いなんて。ずっと運転してくれてありがと」

バックして車を一発で停めたナオくんは、シートベルトを外して伸びをする。

「コーヒーでも買ってこようか?」

「いや、俺が行くよ。京香、何かいるか?」

「私も行くわ。外の空気吸いたいし」

京香さんがそう言うので、私達は三人で車を降りる。コンビニに入り、私はホットのレモンティー、ナオくんと京香さんはドリップタイプのホットコーヒーを買った。

「あ。私、お手洗い行ってくるね」

「ん。先に外出てるぞ」

レモンティーをナオくんに託《たく》し、店員さんに声を掛けてから向かったコンビニの女子トイレの鍵の部分には、赤色が示されていた。少し待って、トイレを利用させてもらう。

店員さんの声を背に自動ドアを抜けた瞬間、強い風に髪を巻き上げられた。

「寒ぅ……」

駆け足で車に戻ろうとした私の視界に、見知った二人の姿が入る。二人は車には戻らず、高く昇った太陽が照るコンビニの陰でコーヒーブレイクしているようだった。

レモンティーだけど私も混ぜてもらおう。そう思って一歩を踏み出した時、

「――あんたの異動のこと、まだ茜ちゃんに話してないんでしょ？」

京香さんの潜めたような声が、風に乗って耳に届いた。瞬間、ぴたりと足が止まる。

「……まぁ」

「早く言いなさいよ？　試験とか訓練とか……少なからず、今のままじゃいられなくなるんだから」

え……？

京香さんのため息まじりの言葉は、私の世界を真っ暗にするには十分だった。

「異動って……どういうこと……？」

蚊《か》の鳴くような声に、二人が勢いよく振り返る。揃って、〝しまった〟なんて顔をして。

異動。今のままじゃいられなくなる。耳の中でこだまする、京香さんの声。

それってつまり……ナオくんと、離れ離れになるってことだよね……？

「あ……あのな、茜──」

「聞きたくないっ！」

嫌だ。ナオくんと離れるなんて、そんなの嫌だよ。

耳を塞いで、気付いた時には走り出していた。言い訳も弁明も、何も聞きたくなかった。


「おい御山。せっかくの門出なんだから、その顔どうにかしろよ〜」

呆れた様子で私の顔を覗き込んできたのは、胸ポケットに花を挿した近藤だった。

ハッとして顔を上げると、近藤が苦笑する。

「ったく……そんなんになるなら、連絡返せばいいのに」

返す言葉が見つからず、私は自分の胸ポケットの花を手持ち無沙汰にいじった。

あの日から数日。ナオくんからは何度も連絡が来た。

【無事に帰れたか？】

【異動のこと、黙っててごめん】

【会って話がしたい】

届くメッセージ中に自らを庇う言葉はなかった。そのナオくんらしさを愛おしく思いながらも、私はそれらを開くことが出来ないでいた。

だって、話を聞いちゃったら、ナオくんが本当にどこかに行っちゃいそうで。

子どものような言い訳をしているうちに時間が経って、気が付けば卒業式を迎えていた。

「ほら、行くぞ」

近藤に軽く肩を叩かれて、講堂へと移動する波に乗った。

つつがなく式は終わり、拍手に包まれながら講堂を退場したところで、辺りが異様にざわついていた。

どこかの部活が集まって盛り上がっているのかなぁ……なんて思っていると、人集りを掻き分けてこちらにやってくる友人の姿が見えた。

「あ、真帆――」

「茜！　大変！」

息を切らしてやってきた真帆に、何事かと周りの視線が集まる。私の前にやってきた真帆は息を整える間もなく、校門の方を指差した。

「真木さん！　来てる！」

え……？

思いがけない言葉に、私の心臓は大きく跳ねた。突然のことに動けないでいる私の背中を、真帆が強く押す。

「さっさと行ってこいよ。立ち止まってる暇なんてないって、御山が一番わかってるだろ？」

近くにいた近藤の力強い言葉に、頬を引っ叩かれた気分だった。

立ち止まっている暇はない。だって、砂時計の中で砂が落ちていくように、時間は今も確実に流れている。

そのことを私は誰よりも知っているはずなのに……どうして、目を背けようとしたんだろう。

ナオくんのことが好き。これからもナオくんの隣にいたい。今、疑いようもなく溢れるその気持ちだけで十分だったのに。

「ごめん……ありがとう、二人とも！」

いつだって傍にいてくれて。いつだって背中を押してくれて。デコボコな私たちは春から別々の道に進むけど、ずっとずっと、二人とは仲良しでいたいよ。

二人の笑顔を背に、校門に向かって走り出す。ざわつきは近づくほどに大きくなり、やがてその先に愛しい人の姿を見つけた。

「ナオくん……！」

苦しい息の下で、その人の名前を懸命に呼んだ。周りにいる同級生や下級生たちが驚いたように私のほうを振り向いたけれど、気にしていられなかった。

門の近くに立っていたナオくんの瞳が私を映した瞬間、居ても立っても居られなくなって。

「茜――って、うわっ」

勢いのままに、その大きな胸に飛び込んだ。突然の衝撃にも傾《かし》ぐことなく、逞しい腕で私を抱きとめたナオくんが、頭上で笑う。

「ビビった。俺が鍛えてなかったら一緒にひっくり返ってたぞ」

「……ゴメン」

「すっげー注目されてるけど。いいのか？」

「……いい。今日で卒業だから」

くぐもった声で言う私の頭を、ナオくんが優しい手つきで撫でる。色んな気持ちがこみ上げて、顔を上げられないでいることはきっとお見通しだ。

「友達は？」

「ナオくんのところ行けって、背中蹴飛ばして送り出してくれた」

「ははっ。いい友達じゃん」

じゃあ、とナオくんが腕の力を弱めて私の手を取る。

「帰ろう」

全てが始まったあのマンションに。道中、手は一度たりとも離れなかった。

「異動のこと、黙っててごめん」

四〇三号室のリビングに入るなり、ナオくんがガバっと頭を下げた。突然のことに驚きつつも、私は慌てて首を振る。

「ナオくんが謝ることなんか何もないよ。内緒にしてたのだって、私の受験が終わったらって考えてくれてたからでしょう？」

ナオくんは何も悪くない。悪いのは、向き合うことから逃げた私だ。

「私の方こそごめんなさい。話も聞かずに逃げて、連絡も無視した」

「それに関しては、俺も前科あるからなぁ。あの時の俺を思えば、茜のなんて可愛いもんだろ」

自分に矛先を向けるナオくんの声色はいつになく優しかった。真っ直ぐに向けてくれる眼差しも。

「私、怖かったの。ナオくんが傍にいない未来なんて、想像もしてなかったから」

「……え？」

「でも、改めて思った。今までみたいに一緒にいられなくたって、私は変わらずナオくんのことが好きなんだって。距離なんか関係ないんだって」

だから、これからもナオくんの隣にいたい。続けて言おうとしたところで、

「ちょ、ちょ……。ストップ！」

ナオくんの大きな手が、ずいっと目の前にかざされた。指の隙間から、ナオくんの焦ったような顔が見える。

「一緒にいられないとか距離とかって、何の話……？」

「何の話って……ナオくんの異動のことに決まってるじゃん」

私の言葉を聞いて、ナオくんが深いため息を落とした。

「……そうか。そういうことか」

首を傾げた私を見下ろして、気の抜けたような力のない笑みが浮かべられた。

「異動はあるけど、俺はどこにも行かねーぞ」

「……へ？」

「いや、訓練とかでしばらく家空けることはあるだろうけど……。引っ越しもしないし、多分お前が思ってるような遠距離にだってならない」

「えぇ⁉」

「消防士は地方公務員だからな。異動つったって、うちの市内だけだぞ」

そ、そうなの？　ってことは、私が盛大な勘違いをしていただけ……？

あまりに間抜けな事実に、へなへなと力が抜ける。思わずソファに座り込むと、ナオくんがその隣に腰掛けた。

「今回の異動は単なる異動じゃなくて、特別救助隊っていう、今より……まぁ、少し上の部署に行くための異動なんだ。夏前に試験受けて、受かったら秋頃に訓練がある」

「特別救助隊……」

「あぁ。試験自体は今の署にいても受けられるんだけど、色々あってな。まだどこになるとかは言えないけど、異動の話が来たんだ」

ナオくんは一言一句、文言を選びながら話しているようだった。私を安心させるためにと、振りかざしてはいけないカードは使わない。ちゃらんぽらんに見えて、そういうところはしっかりわきまえているこの人が、私は好きだ。

「ずっと勧められてたんだ。でも、この仕事を贖罪《しょくざい》の手段としていた俺には、上を目指す理由はなかった。今の職場でも十分人命救助には携われるし、このままでいいと思ってた」

ふと、随分前に盗み聞いた京香さんの言葉を思い出した。

――『これだけの人を救っても、あんたはまだ自分を許さないのね』

この言葉の意味が、今ならわかる。

「俺は俺を許してはいないし、これからも許すことはないと思う。でも、そんな俺を受け入れてくれた茜や、周りの人達に報いたいって思うようになった。自分と向き合って初めて未来のことを考えた時に、思ったんだ。この仕事を通じて、もっと多くの人を救いたいって。罪滅ぼしじゃなく、はっきりと俺の意志でそう思った」

ナオくんの目に宿る光は揺るぎなかった。柔らかい表情の中に確かにある決意。

そこには、何の迷いもない。

「そう思わせてくれたのは、他でもない茜だよ」

「……え？」

「あの時、茜が体当たりでぶつかって、俺を前に向かせてくれてなかったら……俺は一生同じ場所で、下を向いて生きてたんだと思う」

苦しみながら人の命を救い続ける。そんな未来は、ナオくんになくていい。ナオくんを待つのは、輝かしい未来だけで。

「お前が真っ暗だった俺の人生に光を灯してくれたから、俺はまた夢を持つことが出来たんだ」

「……っ」

「だから、たとえ、茜が想像してたみたいに遠く離れるようなことがあっても、どんな困難に遭っても、俺はお前を手放すつもりはない」

ガラガラと音を立てて。今を信じると決めた私の決意を、ナオくんが優しく崩していく。見えないはずの未来を、確実な明日へと変えていく。

「これからもずっと一緒にいて、そんでさ」

言葉とともに、ナオくんの手が私に伸びてきた。長い指が絡められたと思った瞬間、ひやりとした冷たさが走る。

「今はまだ予約だけど、いつか絶対、結婚しような」

嘘。これって……。

左手の薬指に添えられた輝きを認識して、目の奥から涙がこみ上げてくる。ナオくんは照れくさそうに笑って、それから私の唇に口づけを落とした。その熱が、これが嘘でも夢でもないと私に教える。

初めは、触れるだけのキス。それは少しずつ長く、深くなっていく。

「好きだよ、茜」

気づけば見上げていたナオくんの瞳に、どこまでも溺《おぼ》れたいと思った。

「わっ、もうこんな時間!?」

ベッドサイドに置いたスマホの画面を確認して、私は慌ててベッドから飛び起きた。布団から出ると、まだ少しだけ肌寒い。

「もう六時半回ってるよ。起きて！」

カーテンの隙間から差し込む朝日に顔をひそめつつ、未だにすやすや寝息を立てている彼の肩を揺する。

「もぉ、ナオくんてば！　遅刻しちゃうよ⁉」

「んー……」

身じろぎしながら薄く目を開けたナオくん。起きた、と思ったのも束の間、布団の中から伸ばされた手に腕を引かれた。

「きゃっ⁉」

反転した視界と、全身に感じるぬくもり。突然のことに驚いていると、近い距離から甘い視線が向けられた。

互いの指に宿る輝きが布団の中で重なって、目を閉じかけたところでハッとする。時間！

「今日から新しい班に配属されるんでしょ？　早く支度しなくちゃ」

鍛え抜かれた腕を強引に引っ剥がし、ベッドから逃れる。ナオくんは大きな欠伸と共に、ようやく起き上がった。

ナオくんと出会って何度目かの春、キーケースに二つ並んでいた鍵は一つになった。

一緒に生きる私たちを、これからも色んなことが待ち受けているんだろう。

いいことばかりじゃなくても、夜も眠れないくらいつらいことがあっても、私は一つひとつを乗り越えていける自信があるよ。

それぞれで頑張る友達の存在と、揺るぎないお兄ちゃんへの信頼と、私を見守ってくれる人たちの優しさと――。

忙《せわ》しなく支度を済ませると、家を出るタイミングが重なった。思わず顔を見合わせ、笑い合う。

「いってらっしゃい。気をつけてな」

「いってきます。ナオくんも、いってらっしゃい」

「おう。いってきます」

――それから、この人が傍にいてくれるから。

ねぇ、ナオくん。何度だって伝えるよ。

素直になれる場所を、あなたが私にくれるから。

今日も明日も、明後日も。これからもずっと、あなたは誰よりも大切な――愛しい隣人。

End.

あとがき

このたびは、『危ない隣人は消防士～一晩中、私を捕らえて離さない～』をお読みくださりありがとうございます。作者の砂倉春待です。

この作品は、感染症が流行り始めた二〇二〇年の春先に書き始めた作品です。外出自粛で時間もあるし、せっかくならこれまでの作風とは違ったラブコメを書きたい！と思い、大好物である黒髪短髪と年の差を盛り込んで、勢いのままにスタートさせました。

甘えることが苦手な茜の成長をテーマに掲げながらも、本当は直也の成長物語なのだろうと思っています。ラストの展開はサイト版と少し異なりますが、共に痛みを乗り越えた二人にぴったりな未来を描けたのではないでしょうか。

見切り発車で書き始めた本作ですが、幸いにも多くの方に読んでいただき、賞をいただくことが出来ました。私に沢山の初めての景色を見せてくれた大好きな彼らを、この本を手に取ってくださったあなた様にも愛していただければ嬉しいです。

最後になりましたが、本作の書籍化にあたりご尽力いただきました皆様に御礼申し上げます。多方面からサポートしてくださった担当様。素敵すぎるイラストで表紙を飾ってくださったかみのるり先生。スターツ出版の皆様。誠にありがとうございました。

私以上に今回の書籍化を喜び、楽しみにしてくれた作家仲間兼親友のS先生。沢山の励ましとサポート、本当にありがとう。

そして、サイト上で応援してくださった皆様、この本を手に取ってくださった皆様に心より御礼申し上げます。

またどこかでお会いできますように。

二〇二四年九月二十五日　砂倉春待

作・砂倉春待（さくら・はるまち）

大阪府出身。2011年より執筆をはじめる。2017年、姫亜。名義で『君が教えてくれたのは、たくさんの奇跡でした。』を執筆し、書籍化デビュー。第8回野いちご大賞で本作が部門賞を受賞。現在も小説投稿サイト「野いちご」で活動を続けている。

絵・かみのるり

普段漫画を描いています。イイ筋肉と食べることがダイスキです♡　講談社デザートにて「棗センパイに迫られる日々」連載中。

砂倉春待先生へのファンレター宛先

〒104-0031
東京都中央区京橋1-3-1　八重洲口大栄ビル7F
スターツ出版（株）　書籍編集部気付
砂倉春待先生

この物語はフィクションです。
実在の人物、団体等とは一切関係がありません。

危ない隣人は消防士
～一晩中、私を捕らえて離さない～

2024年9月25日　初版第1刷発行

著者　砂倉春待 ©Harumachi Sakura 2024

発行人　菊地修一

イラスト　かみのるり

デザイン　カバー　AFTERGLOW

フォーマット　栗村佳苗（ナルティス）

DTP　朝日メディアインターナショナル株式会社

発行所　スターツ出版株式会社
〒104-0031
東京都中央区京橋1-3-1 八重洲口大栄ビル7F
TEL 03-6202-0386（出版マーケティンググループ）
TEL 050-5538-5679（ご注文等に関するお問い合わせ）
https://starts-pub.jp/

印刷所　株式会社光邦

乱丁・落丁などの不良品はお取り替えいたします。
上記出版マーケティンググループまでお問い合わせください。
本書を無断で複写することは、著作権法により禁じられています。
定価はカバーに記載されています。

Printed in Japan
ISBN 978-4-8137-1639-6 C0193

noichigo

作家デビューしたい人を
大募集！

自分の作品が小説&コミックになっちゃうかも!?
スマホがあればだれでも作家になれるよ！

サイト&文庫が大幅リニューアル！

野いちご大賞
短編コンテスト
マンガシナリオ大賞

初心者向けのコンテストも開催中♪
こんな作品を募集してます♡
#溺愛　#キケンな恋　#不良
#クズ系男子　#年上男子

ここから
コンテスト情報をチェックしよう！